魔豆

魔豆

春秋異聞
卷二
行燈夜
醉琉璃
著

目錄

楔子

被一畝畝田地包圍的紅葉村今天格外安靜，象徵著村名的楓樹立在村子後山，枝葉交織出的陰影如同一張巨大網子，由上覆蓋下來。

暗沉的天色夾帶著稀薄到有些透明的雲絮，將原本明亮的月光罩上一層朦朧色澤，使得路上村人的影子彷彿鍍上了淺淺的灰暗。

吵雜的蟲鳴從草叢、田間、樹林響起，卻掩蓋不了從巷子底傳出的誦經聲。平板規律的「南無阿彌陀佛」不斷透過收音機被播放出來，而收音機所在位置，則是一座擁有香檳色布幔的靈堂。

裊裊煙絲飄散在肅穆又安靜的空間裡，放在靈案上的遺像被色調單一的花束包圍。

坐在靈堂外的男人手裡夾著菸，那雙透出疲倦的眼有時望向天空，有時望向靈案上的黑白照片——照片裡是一名婉約秀美的女子，約莫三十歲左右。

男人臉孔削瘦，眼下有著明顯的黑眼圈，下巴也冒出了青色的鬍碴。幾名留在這裡幫忙的村人看到他的模樣，都勸他先回房間休息，但卻被男人婉言拒絕了。

輕輕彈掉香菸上的菸灰，男人沉默地注視著那座莊嚴典雅的靈堂，香檳色布幔偶爾隨風輕輕晃動，讓他的思緒不自覺飄向了遠方。

就在這時，一道粗啞嗓音從不遠處傳了過來，重新拉回男人的注意力。

「俊良老師。」

男人抬起頭，看見村裡的派出所所長正朝他揮揮手，他舉起那隻拿著香菸的手，這時才注意到所長身邊還跟著一名頭髮花白的老人。

老人雙手負在身後，那雙慈藹的眼在看向男人時露出了憐憫神色。

「已經入殮了嗎？」

男人將手上香菸熄掉，從鐵椅上站起來，微微躬身。

「是的，半小時前就蓋棺了。阿佐伯，這次的喪事非常謝謝你的幫忙，如果沒有你，我眞的不知道……」

被稱作阿佐伯的老人連忙擺擺手，「俊良老師，大家都是紅葉村的人，你不用這麼客氣。」

「嘿啊，俊良老師。紅葉村什麼不多，就是人情味最多，你不用跟我們客氣，有什麼問題儘管說。」站在一旁的派出所所長熱情說道，「你才剛搬來這裡不久，對村裡一些習俗還不是很了解，如果有什麼不懂的地方就問阿佐伯，他可是村子裡最德高望重的人。」

男人看向身形佝僂的阿佐伯，像是想要詢問什麼，卻又面露遲疑。

「怎麼了，俊良老師？」注意到他欲言又止的神態，老人慈祥地開口。

「阿佐伯，雖然現在再問顯得有些不禮貌，但畢竟是內人的願望……」男人猶豫再三，終於還是開了口，「眞的沒有辦法讓內人火葬嗎？內人很喜歡後山的楓樹，希望死後可以將她的骨灰撒在山上……」

「這個……」老人頓時露出傷腦筋的神色，「雖然說死者爲大，但村裡的傳統是入土爲安，就讓你的妻子好好在村外森林安息吧。」

「這樣啊……」男人喃喃說道，削瘦的臉孔在劉海的遮蓋下，覆上一層陰影，「既然是傳統，那就沒辦法了。」

「你能體諒最好。」老人安慰似地拍拍他的肩膀，「放心吧，村外森林的風水很好，那可是村裡先人們掛保證的。」

男人附和地笑了笑，一邊和老人閒聊幾句，一邊漫不經心地看向外頭。

不遠處，隱隱可以聽見連串奔跑聲，離這裡越來越近，還伴隨著屬於幼童的稚嫩歌聲，清脆的嗓音被晚風慢慢吹送過來。

「呀啊，紅葉村的鬼啊鬼，有著尖尖的牙齒、大大的嘴，在提著燈籠的夜晚，他們會出現。」

「鬼來了鬼來了，樹上的烏鴉警告著，行燈夜晚的人們要小心，回頭就會被吃掉。」

聽到歌聲的顯然不只男人一個，只見老人皺起眉頭，一向和藹的臉孔頓時板了起來。

「這邊在辦喪事，小孩子去別的地方玩。」

「呀啊，阿佐伯生氣了！」幾個小孩看見老人嚴厲的神色後，吵吵鬧鬧地喊了起來，隨即一溜煙跑掉了。

「不好意思啊，老師，那是小孩子們唱著好玩的，你不要在意。」

男人敷衍地點了點頭，但心思卻已飄到方才的歌詞上……

在同樣暗沉的夜色中，距離紅葉村極遙遠的綠野高中宿舍裡，由於還不到就寢時間，走廊的大燈尚未關上，不時可以聽見迴盪其間的嬉鬧聲與奔跑聲。

「好了沒?再給你們十秒鐘，十秒過後人家就要開始捉人囉。十、九、八……」

刻意拉得綿長的讀秒聲穿過走廊，飄進了門扉並未掩上的二〇四寢裡，讓原本正與室友聊天的葉心恬不只一次將眼角餘光往門外瞥去，一頭長鬈髮隨著她的動作而輕晃了晃。

她分心的小動作自然落入了林綾眼裡，只見這名戴著眼鏡、紮著長辮子、神色溫柔似水的女孩輕笑著說道。

「想去玩就去吧，不用顧慮我。」

「只、只不過是個捉迷藏而已，我才沒有很想玩呢。」葉心恬噘起嘴，明媚的臉孔試著板起，想做出一點兒也不在意的表情，然而那雙貓一般的漂亮大眼睛卻藏不住渴望，又讓視線溜了出去。

那副心口不一的彆扭樣子，讓林綾看了不由得失笑，同時也起了逗弄的心思，刻意將話題轉往其他方向，絕口不再提起捉迷藏的事。

葉心恬看似認真地聽林綾說話，但從她坐立難安的蠢動模樣，以及聊天時出現的慢半拍回應，在在說明了她的心不在焉。

時間一分一秒過去，走廊上不時響起當鬼那方得意洋洋的「捉到你了」的宣言，以及被找到的那一方發出的哀叫，葉心恬越發坐不住了。

又隔了一會兒，她忽地聽到啪嗒啪嗒的腳步聲，聲音越來越近，最後停在二〇四寢前。

隨著房門被慢慢推開，一抹嬌小身影也跟著出現在林綾與葉心恬的視野中。

「小葉姊姊，林綾姊姊。」髮長及背、膚色蒼白的小女孩睜著一雙黑幽幽的大眼睛，禮貌地向房內兩人打招呼。

那是夏春秋的妹妹，夏蘿。在舍監藍姊的允許下，今晚將在綠野高中的宿舍過夜。

「怎麼了，小蘿？」林綾露出溫和的微笑，「找我跟小葉有什麼事嗎？」

「捉迷藏。」夏蘿巴掌大的臉蛋上無波無瀾，稚氣的童音也聽不出明顯情緒起伏，然而鑲在臉上的圓黑眸子就像會說話似的，「哥哥他們被捉到了，正在猜拳決定誰當鬼。夏蘿想找妳們一起過來玩。」

「我……」葉心恬遲疑地看了林綾一眼，拒絕的句子滾在舌尖上，幾欲吐出來。

「可以喔。」林綾輕拍了拍葉心恬的手背，替她應允下來，「小葉也想玩捉迷藏。」

「林綾姊姊呢？」夏蘿又問。

「我就不加入了。」林綾柔聲解釋，「小時候玩捉迷藏時，曾經被人不小心關起來，所以對這個遊戲有點陰影。抱歉呢，小蘿，沒辦法陪妳一起玩。」

「不須要道歉。」夏蘿認真地說，「把林綾姊姊關起來的人才要道歉，他壞。」

「沒錯，小蘿說得太對了！」葉心恬義憤填膺地附和，「如果讓我知道是誰把妳關起來，我一定會讓爹地好好教訓那個人一頓。」

看著明明才十歲卻老成得不可思議的夏蘿，以及正值二八年華，但心性反倒更像小孩子些的葉心恬，兩人的反差讓林綾忍不住笑了出來。

「妳們再不出去，小夏他們一定會以為是我們把小蘿藏起來的。」

「那妳怎麼辦？」葉心恬仍有些猶豫。

「別擔心，我有很多事可以做。」林綾氣定神閒地說，「像是上網看影片、看小說，或是……」

電腦音響突然傳出聊天通知的提示音，將林綾未竟的句子打斷。她看向跳出螢幕的視窗，像是感到詫異般輕咦一聲。

「發生什麼事了？」原本正準備站起來的葉心恬又迅速坐回椅子上，關切地看過去。

「沒什麼，只是一個網友在問問題而已。」林綾回給她不用擔心的表情，還特意側開身子，讓葉心恬可以看見聊天視窗裡的字。

要怎麼做，才能引出那個生物？

「生物？什麼生物？」沒頭沒尾的句子看得葉心恬一頭霧水。

就連夏蘿也忍不住湊過來，黑亮亮的大眼睛裡閃爍著好奇。

「這個嘛，」林綾沉吟了下，「我那位網友是做研究的，他最近在尋找一種……嗯，會吃屍體的生物。」

「真噁心。」葉心恬嫌惡地皺了皺俏鼻，「所以呢？他要問妳什麼？」

林綾輕推了下眼鏡，露出一抹恬淡笑容。

「他問我，要怎麼做，才能引出那個生物。」

「這還不簡單，既然那東西喜歡吃屍體，就弄一具屍體啊。」葉心恬想也不想地說道，一下子就對這個話題失去了興致。

「屍體？什麼屍體？人家好像聽到了不得了的關鍵字。」伴隨輕快詢問聲響起的，還有叩叩叩的敲門聲。

寢室裡的兩大一小同時順著聲源看去，才發現花忍冬正笑盈盈地立於門口，曲起的右手懸停在門板前。

在他身側還擠著胖墩墩的歐陽明，以及一臉關切的夏春秋。神色漠然的左容則是站在更後方一些的位置。

面對花忍冬的詢問，林綾笑笑地用一句「只是在講推理小說而已」就揭過了這件事，將話題轉回原本的主軸上。

「你們來了正好，小葉也想玩捉迷藏，可以讓她加入嗎？」

「哎，不是本來沒有興趣的嗎？」花忍冬笑咪咪地出聲調侃，雖然句子裡的對象是葉心恬，但他一雙狐狸似的眼睛總忍不住往林綾身上瞅去。

「還不是因爲你們人太少了，我才勉爲其難地陪你們一起玩。」葉心恬站起身，輕哼一聲，抬起下巴對著花忍冬擺出了紆尊降貴的高傲表情。

「小葉加入很好啊，遊戲就是要人多才好玩嘛。」歐陽明一點兒也不在意葉心恬的態度，好脾氣地打著圓場，「林綾，妳不一起來玩嗎？」

「我就不了。」林綾微笑拒絕，「我想一個人看影片。」

「好了好了，大家不要擠在這裡，吵到林綾就不好了。」花忍冬很快就收拾起眼裡的失望情緒，揚著清亮的聲音，指揮起其他人，「咱們過去交誼廳那邊吧。」

左容是最先有動作的，接著是夏春秋，還有想要板著臉、卻難掩高昂興致的葉心恬，她牽著夏蘿的小手，同時不忘扯過花忍冬。

「你才是最容易吵到林綾的那個人，還不快點走。」

結果還留在門口的，反倒是顧著拆開糖果包裝紙的歐陽明。他將紅色糖球扔進嘴裡含著，左邊的腮幫子頓時鼓了起來。

在他對林綾揮揮手、準備離開之際，只見那名綁著長辮子的清麗少女不經意問道。

「歐陽，你是鬼嗎？」

「沒錯，我是鬼啃。」歐陽明想當然地認爲她問的是捉迷藏一事，笑呵呵回答，順手帶上了二〇四寢的房門。

第一章

窗外的天空已被燦金的光輝全數染亮，將如海水般的色澤鍍上一層反光薄膜。然而一〇四寢卻因為窗簾阻擋了陽光，還保留一小塊灰霧般的昏暗卡在角落。

距離床頭鬧鐘響起還有半小時的時間，陷在黑甜鄉的夏春秋卻感覺到自己的身子被輕輕推了推。

那股推搡的力道並不重，卻勝在鍥而不捨。

即使還帶著濃濃睡意，但在掙扎了三秒之後，夏春秋終於還是睜開眼睛，昏昏沉沉地坐起身子，尚未聚焦的瞳孔有些渙散，好一會兒後才發現靠床腳的梯柱處冒出一顆小腦袋。

白瓷般的小臉蛋上鑲著一雙黑澈大眼，就像是漂亮的黑曜石。

夏春秋呆怔地看著對方半晌，由於剛起床時是他大腦運轉最慢的時間，他沒有被突然出現的人嚇到，反倒模模糊糊地想著。

啊，跟小蘿一樣可愛呢。

「哥哥。」

直到沉靜的童音如同小鎚子般敲碎了夏春秋的茫然，他眨眨眼睛，這才意識到兩隻小手抓著梯柱、正瞅著他不放的小女孩，真的是自己的妹妹。

「小蘿，妳怎麼會……」夏春秋吞掉後面的「在這裡」三個字，將毛線球般雜亂的思緒梳理一番，總算想起昨晚妹妹就過來留宿了，他們還一起在二樓玩捉迷藏。

「夏蘿來叫哥哥起床。」夏蘿一手攀著梯柱，一手伸出去輕推了推夏春秋，輕緩說出她出現的原因。

「嗯、嗯，哥哥已經醒了。」夏春秋拍拍臉頰，讓殘留的睡意散去，同時不忘稱讚自家妹妹，「小蘿好厲害，可以比哥哥還早起床。不過一直站在梯子上很危險，小蘿還是先下去比較好。」

夏蘿微微點點頭，在夏春秋關切的注視下，慢條斯理地爬下樓梯，自發地在兄長的椅子上坐定，雙手擱在大腿上，腳尖偶爾會蹬一下地板，讓可以自轉的椅子轉動一圈，再轉動一圈。

稍後下床的夏春秋看向妹妹，雖然那張小臉顯得平平淡淡，讀不出情緒，但他卻再了解不過妹妹有著獨特品嘗樂趣的方式。

「小蘿，只有妳先起床嗎？」夏春秋好奇問道。

昨晚在舍監藍姊罕見的縱容下，夏蘿得以留在綠野高中的宿舍。原本她是想要與兄長一起睡，但藍姊捨不得她跟夏春秋擠一張床，安排夏蘿與左容同寢，枕頭棉被則是由葉心恬提供。

「左容姊姊跟林綾姊姊也起來了，小葉姊姊還在睡。」夏蘿細聲細氣地交代，「早餐已經好了，在廚房。夏蘿也有幫忙。」

「小蘿最棒了！」夏春秋眉眼彎彎，不厭其煩地誇獎著妹妹。在他心裡，妹妹的每個動作都是可愛貼心的。

夏蘿的耳朵尖有點兒紅，她仰起臉，對著兄長露出小小的笑花。

「哥哥去刷牙，很快就會回來，小蘿先在這裡等著。」

「好。」夏蘿乖巧地應了下來，讓椅子轉了半圈，看著寢室另一端的上鋪，「要叫小易起床嗎？」

夏蘿嘴裡的「小易」，全名是左易，是夏春秋的室友。

想起那名蒼白俊美的紅髮少年曾經因爲清晨響起的敲門聲而粗暴地砸下鬧鐘的畫面，夏春秋心有餘悸地嚥了下口水，實在沒有勇氣面對室友的可怕脾氣。

「我們……還是先不要吵醒他比較好。」夏春秋下意識將音量放得更輕，對夏蘿比出安靜的手勢，一點兒也不希望妹妹被室友的起床氣波及，叫醒左易的重責大任就交給他自己的鬧鐘吧。

「噓。」夏蘿也有樣學樣地將食指豎在嘴唇前。

夏春秋摸摸她的頭，隨即帶著盥洗用具，輕手輕腳地離開寢室。

今年十六歲的夏春秋，因爲高中志願卡塡寫順位的關係，被分發到位於偏遠地區的綠野高中。由於姑姑夏舒雁就住在那邊，因此今年暑假，夏春秋便與轉學的妹妹夏蘿，暫時搬到姑姑家。

原本是這樣沒錯，然而夏舒雁卻抱持著學生就是要體驗住宿生活的想法，將夏春秋連人帶行李打包丟進宿舍。

除了他之外，綠野高中的宿舍還有幾個提早入住的學生，分別是花忍冬、歐陽明、葉心恬、林綾、左容和左易。

由於距離暑假結束還有一段時間，綠野村四周也探索得差不多了，幾個大孩子便商討起接下來要不要結伴去哪裡旅遊，歐陽明立即興匆匆地邀請眾人拜訪他的老家紅葉村。

出發時間就是今天。

「聽好了，你們這些小鬼。」長髮束起、臉孔素淨的藍姊瞇著眼，陰森森地開口，「你們既然提早搬進宿舍，我勉強算是你們的臨時監護人，在外面不要惹事，我一點也不想替你們擦屁股、收爛攤子。」

「討厭啦，藍姊，咱們那麼乖，絕對不會給妳惹麻煩的。」相貌秀氣的花忍冬捲著髮梢，笑盈盈地打包票。

「這眞是我聽過最沒有說服力的一句話了。」長鬈髮、有著一張明媚臉龐的葉心恬轉過頭，與坐在一旁的林綾咬著耳朵，「尤其是出自一個拆了門還打破玻璃的人嘴裡。」

只見那名戴著眼鏡的長辮子少女微微一笑，充滿知性的眸子閃過一絲莫測的光芒。

「藍姊，妳就放心吧。」外形圓滾滾的歐陽明抽出嘴巴裡含著的棒棒糖，憨憨地笑了一下，「紅葉村可是我的地盤呢，不會有事的。」

「嗯……」藍姊沉吟了下，目光轉向在場中年齡最小的孩子，在她出聲吩咐前，靦腆與稚氣的嗓音已一前一後響起。

「我會照顧好小蘿的。」

「夏蘿會乖的。」

兩兄妹的默契讓他們彼此對視一眼，夏蘿勾著夏春秋的手指，將小腦袋往兄長方向蹭了蹭，宛如小動物般的舉動，讓做哥哥的夏春秋心都要融化了。

「你們兩個我倒是不太擔心。」在面對夏家兄妹時，藍姊的語氣褪去陰森，顯得和緩許多，「而且還有左容在，至於左易……」

她的視線略過紮著長馬尾、面色淡漠的少女，落在一旁雙手環胸、倚著牆壁的紅髮少年身上，有些厭煩地說了兩個字。

「算了。」

左易連眼皮都懶得抬一下，只是用鼻子冷哼一聲。

就在這時，葉心恬的手機忽然傳出LINE的提示音，她俐落解開螢幕鎖，點進視窗裡，立即看見司機傳來的訊息。

「車子來囉。」她揚揚手機，從椅子上站起身，原本想要一馬當先走出去的，不過走了沒幾步，她又折回來，彆扭地與藍姊說了一聲再見。

眾人也紛紛有了動作。夏春秋提起與妹妹共用的行李袋，牽著她的小手，禮貌地向藍姊道別。

原本夏春秋以爲停在宿舍前方的會是最初載葉心恬上山的黑色轎車，卻沒想到才剛踏出大門，就被前方金燦燦的顏色晃花了眼。

「亮晶晶的。」夏蘿瞠大眸子，一向平板的語氣裡隱隱流露出驚歎。

出現在眾人眼前的，赫然是一輛加長型金色轎車。

穿著黑西裝、頭髮梳得一絲不茍的中年司機正將戴著白手套的右手橫置身前，恭敬地行了一禮。

夏春秋雖然感激葉心恬的父親提供車子接送，免了他們轉車再轉車的勞頓之苦，只是那輛泛著金色光澤、幾乎要閃瞎人眼的豪華轎車還是讓他的心情好複雜。

不過比起在意這輛車子的品味，夏春秋更在意的是此刻車子裡的氣氛。坐在靠窗位子的他繃著肩膀，雙手緊張地放在膝蓋上，視線望向車窗外，就是不想直視對邊座位的火藥味。

這輛加長型轎車的後座座位兩排相對，與駕駛座之間隔著一塊隔板，因此後頭再吵再鬧，也不會影響司機的專注。

坐在後座第一排的，是葉心恬、歐陽明、花忍冬、左易；第二排，也就是夏春秋所在的座位，除了他之外，還有夏蘿、左容，以及林綾。

就某方面來講，第一排的成員組合非常微妙。

左易與葉心恬就像是天生不對盤，或者說葉心恬常會用言語挑釁左易，而對方則會毫不客氣地冷冷嘲諷。

至於卡在兩人中間的歐陽明與花忍冬，就像置身事外，一人抓著餅乾喀滋喀滋地咬，一人則是笑得眼睛彎彎，不知道在看誰。

一開始，林綾會微笑地介入對話，但可能是聽到煩了、膩了，到後來就托著下巴，怡然地眺望窗外景色。

左容則是一上車就閉目養神，一副事不關己的樣子。

至於夏蘿，則是蜷縮著上半身，趴伏在夏春秋腿上，像隻小動物般熟睡著。

金色轎車行駛在寬廣的道路上，周邊全是一畝畝稻田。放眼望去，淺金帶綠的色彩在田間盪漾著，像極了一波波海浪。

歐陽明居住的村子叫作紅葉村，距離綠野村約有三個小時的路程。

夏春秋低頭看了看手錶，現在的時間是中午十一點半，估計還有十幾分鐘才會到達。

他輕輕呼出一口氣，手指溫柔地理順妹妹的長長黑髮，平穩的車速使他昏昏欲睡，眼皮掉了又下意識撐起，不敢完全睡著。

「小夏，你累的話就先瞇一下吧，到了我會叫你。」歐陽明笑咪咪說著，手裡拿著不知道第幾包的零食。

「沒、沒關係的，反正就快到了。」夏春秋挺直背脊，使勁張大雙眼，試圖讓自己看起來有精神一點。

「那我給你這個好了，吃下去保證精神就來了。」歐陽明將胖胖的手掌伸入背包裡挖了挖，一會兒便拿出一顆紅色包裝的糖果。

「是吃下去會哭出來吧？」瞥見歐陽明的動作，相貌秀氣的花忍冬挑高一雙細長的眼，露出似笑非笑的表情。

「咦？爲什麼？」夏春秋來回瞧瞧花忍冬與歐陽明，那顆糖果接也不是，不接也不是。

「因爲啊……」花忍冬拉長了聲音，「那是辣椒糖啊。」

夏春秋的手指立即縮了回來，朝歐陽明堅決地搖搖頭。

「你不喜歡啊，眞是可惜。」歐陽明惋惜地撓了撓頭，轉而將辣椒糖遞向左易，「左易，你要吃嗎？」

紅髮的俊美少年冷冷瞪了他一眼，隨即闔上濃黑的睫毛，擺明不想搭理。

「那小葉呢？」歐陽明不依不撓，朝長鬈髮的明媚少女遞出了糖果。

「我可不吃這種奇怪的東西。」葉心恬輕哼了一聲，別過白皙的臉龐，「如果是GODIVA的巧克力，我還可以考慮。」

「那個太貴了啦。」歐陽明笑嘻嘻地擺擺手，「而且一下子就吃光，太不划算了。」

就在歐陽明鍥而不捨地推銷辣椒糖的時候，前方的隔板降了下來，穿著黑西裝的司機回過頭，恭敬嚴謹的聲音介入其中。

「大小姐，前面就是紅葉村了，須要把車子開進去嗎？」

「到了嗎？」葉心恬望向車窗外，隨即看到不遠處坐落著櫛比鱗次的紅磚屋，上頭覆蓋著一層層灰色的石棉瓦，充滿古樸風味。

「歐陽，你們村裡方便把車開進去嗎？」葉心恬轉回頭，直接詢問當地人歐陽明。

「可以啊。」歐陽明點點頭，因爲隔板已經降下來，他也可以透過擋風玻璃看到前方的情況。他伸出短胖的手指，對司機說道。

「司機先生，你就順著前面那條路直直開下去，看到郵局就右轉到底，那邊就是我家了。」

「好的。」語氣嚴謹的司機緩緩開動車子，金色車身滑進村裡的主要線道，立即換來無數好奇的視線，不時有好幾個村民指指點點。

「眞討厭，感覺像是在觀賞什麼奇珍異獸一樣。」葉心恬不悅地噘起嘴，村人的打量眼神令她感到不悅。

「是奇珍異獸沒錯呢。」花忍冬彎起細長的狐狸眼，掩著嘴笑道，「這麼搶眼的金色加長轎車，普通人可是少有機會看到。」

「你可以直接說沒品味。」左易不冷不熱地插入這一句。

出乎意料地，在葉心恬還沒反擊前，左容已吐出淡然的四個字。

「夠了，左易。」

被點名的紅髮少年撇了撇唇，不馴地挑起眼角，卻奇異地沒有再回話。

夏春秋有些驚訝地看看左易，再望向左容。彷彿察覺到他的視線，外貌中性俊美的少女朝他輕揚起唇，眼底柔軟。

夏春秋覺得他的兩隻耳朵一定紅了。

完全沒有察覺到夏春秋與左容之間的小插曲，坐在第一排的歐陽明撐起身體，向葉心恬說了聲抱歉，就將胖胖的身體往窗戶靠了去，朝路上的村民打招呼。

「阿姨，這是我同學啦，他們要在我家住幾天。」

「義叔，有沒有看到我阿公？該不會又跑去種菜了吧？」

「福伯，上次你寄給我的柿餅很好吃喔！」

諸如此類的對話不斷響起，也讓車上一夥人見識到小胖子在村裡的高人氣。

「不簡單唷，歐陽，想不到你這麼受歡迎。」花忍冬拍了拍歐陽明的肩膀，輕柔的嗓音帶著打趣的味道。

「哈哈，其實也沒有啦。」歐陽明咧出憨直的笑，「大家住久了，感情自然會好。」

金色轎車順利從郵局右邊的巷子轉進去，不久就看見一幢三層樓高的白牆紅瓦建築，充滿西式風格的洋房落在周遭傳統屋子當中，顯得格外搶眼。

「還不錯嘛，品味不至於太差。」

葉心恬瞄了瞄屋子，示意司機將車子停在紅銅色的大門口前，並將後車廂打開，讓眾人可以拿取各自的行李。

「對了，歐陽，這是要送給你父母的。」從司機手中接過一只包裝精美的禮盒，葉心恬再轉交給歐陽明，「一點小意思。」

一瞥見包裝紙上的印花圖案，花忍冬就湊到夏春秋身邊，和他咬起了耳朵。

「那家店的東西可不便宜呢，小夏，最普通的都要一千元起跳了。」

「這、這麼高級？」夏春秋吃驚地瞠大眼睛，他的慌張頓時換來夏蘿不解的注視，「糟糕，我、我忘記準備禮物了，這樣會不會太失禮了？」

「放心吧，小夏，我已經先請小葉的司機在路上幫我們另外買了東西。」聽見對話的林綾笑盈盈走過來，手上正抱著一個水果禮盒，「你就跟我們合資吧。」

「啊，林綾，這個讓人家來拿就行了。」一瞧見戴著眼鏡的秀氣少女出現在身前，花忍冬立刻湊上去，自告奮勇地接過禮盒，毫不費力地托在手上。

較慢下車的左容和左易站在車門旁，一人表情平淡，一人眼神不馴，不過根據林綾透露，這兩人也有一起合資。

「實在看不出左易會是這麼懂禮數的人。」花忍冬將這句話壓得極為小聲，他可不想挨上左易的眼刀子。

夏春秋乾笑幾聲，總覺得繼續這個話題太危險。他將注意力放在抓著自己衣角的夏蘿身上。

「小蘿，等下看到人要打招呼喔。」夏春秋輕聲叮囑。

夏蘿乖巧地點點頭，細嫩的手指牽住兄長的手，先是看了看發動引擎離去的金色轎車，再看向緊閉的大門。

歐陽明正準備從口袋裡掏出鑰匙，一陣啪噠啪噠的腳步聲已匆匆從裡頭傳來，大門鎖釦發出彈跳聲音，隨即是一聲嬌軟的稚氣童音。

「有客人嗎？是來找若若的客人嗎？」

厚重門板被人由裡打開，探出一道矮小身影，只比夏蘿高一點。靈活的大眼睛骨碌碌轉動，那是個長得十分可愛討喜的小女孩，粉嫩的蘋果臉頰，蓬鬆的短鬈髮，讓人看了忍不住心生好感。

「不是若若的客人喔，是哥哥帶同學來家裡玩了。」歐陽明胖胖的臉上堆出憨笑，伸出手想要摸摸妹妹的頭。

「什麼啊，是哥哥啊。」歐陽若鼓起腮幫子，小小的身體向後一退，將門板拉開，露出通往院子的寬敞走道，「不是若若的客人，真失望。」

歐陽若這個動作讓歐陽明的手被迫停在半空中，最後只好傻笑地刮刮臉頰，轉頭招呼夏春秋他們。

「這是我妹妹歐陽若，今年十歲，跟小蘿一樣大喔。」

夏蘿睜著一雙黑澈的大眼睛，朝門板後的歐陽若點點頭，蒼白小臉上依舊沒什麼表情。

「哎呀，跟若若一樣大的客人？」歐陽若好奇地眨著眼，原本的失望情緒頓時退得一乾二淨，從門後又跑了出來，來到夏蘿身前，伸出小手，笑嘻嘻說道：「我是若若，妳叫小蘿嗎？唔，妳身上香香的，好好聞喔。」

歐陽若皺了皺小巧的俏鼻，忍不住朝夏蘿又靠近幾步，圓滾滾的眸子裡滿是興奮。

「小蘿身上有香味嗎？」葉心恬遞去一記疑惑的眼神，「我在車上怎麼都沒聞到？」

「這個嘛，小孩子對味道比較敏感吧。」林綾微笑說道，靜觀事情發展。

夏蘿抬起手嗅了嗅，沒聞到半點味道，細聲細氣地說道，「夏蘿身上沒有味道。」

「咦咦咦？可是若若有聞到呢！」歐陽若困惑地歪著頭，大眼睛直瞅著夏蘿不放。

或許是不習慣歐陽若的親近，夏蘿不禁抓緊夏春秋的衣角，小小的身子向後藏了藏。就在這時，一道粗啞的聲音制止了歐陽若的下一個動作，也讓所有人都回過神來。

「若若，不可以對哥哥的朋友沒禮貌。」從院子走道上逐步接近的老人彎著背，略微佝僂，蒼蒼白髮顯示出他的年紀。

「阿公！」歐陽明一見老人出現，就揮著短胖的手臂大聲打招呼，「我帶朋友回來玩了，阿爸和阿母在嗎？」

年屆六十的歐陽佐兩隻手負在身後，矍鑠的眼神先是掃過夏春秋等人，隨即才不疾不緩地回答孫子的問題。

「他們出去辦事了，過幾天才會回來。」

「是喔，眞可惜。」歐陽明惋惜地嘆了口氣，但立刻又笑嘻嘻地咧開嘴，向歐陽佐一一介紹起左容、左易、夏春秋、夏蘿、葉心恬、林綾和花忍冬七人。

就算倨傲如左易，在長輩面前還是稍稍收斂了些狂妄，繃著臉朝歐陽佐點點頭，當作是打招呼。

「把這裡當自己家，不用太拘束。」歐陽佐和藹地笑著。

一旁的歐陽若跑到他身邊，抓住滿是皺紋的手掌，細聲細氣地撒嬌。

「阿公、阿公，可以讓小蘿跟若若一起睡嗎？」

「小蘿？」歐陽佐回頭望了膚色蒼白的夏蘿一眼，笑著揉揉孫女的頭髮，「這個嘛，妳要自己問囉，阿公可沒辦法。」

「夏蘿要跟哥哥一起睡。」從夏春秋身後探出頭，夏蘿以稚氣的聲音表明想法。

一瞧見歐陽若噘起小嘴、鼓起腮幫子的模樣，歐陽明連忙打圓場道：「大家先進屋裡坐吧，房間分配的事我們可以晚一點再討論。若若，妳可以幫哥哥泡個茶嗎？」

歐陽若低著頭，踢著腳尖，短短的十指絞在一塊，顯然有些心不甘、情不願。

「若若乖，去替妳哥哥泡個茶，招呼一下客人。」歐陽佐拍了拍孫女小巧的肩膀。

歐陽若對兄長做了個鬼臉，這才一溜煙跑進房子裡，嬌小的身子很快消失在眾人視線範圍內。

歐陽明家雖然外觀是白色的西式建築，但內部卻以木造家具爲主，就連地板都是一片光滑的木板鋪成，清新的木頭香味充斥整個空間。

由於歐陽家在紅葉村極富名望，拜訪的客人自然不少，甚至有十幾人一起上門的記錄，所以一樓空間幾乎打通，只有寬敞的客廳及廚房。

至於二樓，則是歐陽家人的寢室所在，三樓是客人留宿用的客房，共有四間；另外還有一間書房，用來擺放歐陽佐蒐集的古籍書冊。

將夏春秋等人領進屋後，歐陽佐因爲有事暫時離席，剩下的一群人坐在客廳閒聊一會兒後，房間的分配也很快出來了。

歐陽明在二樓有專屬的臥室，因此不加入分配行列。至於夏春秋，理所當然地和妹妹夏蘿一間；林綾和葉心恬共睡一房，左容獨自一間房；而左易與花忍冬……

在得知他們有可能同房之後，兩人不約而同地露出微妙的神色。

更正確一點來說，左易是滿臉嫌惡，花忍冬則是垮著臉，那雙細長的狐狸眼充滿委屈。

「不然這樣好了，」歐陽明傷腦筋地撓撓頭髮，「花花跟我一起睡吧。」

「歐陽，你眞是個好人。」花忍冬頓時露出如釋重負的表情，同時不忘往林綾的方向挨得更近一些。

夏春秋沒有注意到花忍冬的小動作，因爲他的心思都放在歐陽明的妹妹身上。這個有著蘋果臉頰的可愛小女孩自剛剛開始，就不依不撓地抓著他的衣角，強烈希望夏蘿可以跟她睡同一間房。

「若若喜歡小蘿！」歐陽若挺起小小的胸膛，大聲說著。

反觀夏蘿，則是縮在夏春秋懷裡，蒼白的小臉蛋看起來有些不知所措。黑色大眼先是瞧了瞧兄長，隨即又移向坐在一旁的左易。

染著一頭紅髮的左易正要開口，卻被左容一把按住手背，微不可察地搖搖頭，「這是春秋的事，別插手。」

「嘖。」左易不悅地咂了咂舌，將背脊靠向木頭椅背，但那雙狹長的眼依舊瞬也不瞬地注視著歐陽若與夏蘿。

或許是看出夏春秋眼底的煩惱，歐陽明胖胖的臉上堆出了笑，「若若，小蘿比較怕生，雖然晚上不能一起睡，不過妳可以帶她去村裡逛逛啊。」

「可是一起睡才能玩枕頭大戰啊！」歐陽若嘟著嘴，圓潤的臉這個時候看起來像隻充氣的小河豚。

「枕頭大戰？」葉心恬一聽，頓時眼神一亮，「那大姊姊陪妳玩如何？」

「不要！」歐陽若的頭搖得像波浪鼓般，看也不看葉心恬一眼。

「什、什麼啊，要不是妳是歐陽的妹妹，枕頭大戰那種小孩子的遊戲，我才不屑玩。」葉心恬豎起兩道柳眉，哼的一聲別過了頭。

「到底誰才是小孩子啊。」林綾不由得失笑，安撫地拍拍葉心恬手背，「晚上我再拉小夏他們一起玩枕頭大戰吧。」

這句話放得極輕，只有坐在隔壁的葉心恬和花忍冬可以聽見。

就在這邊的小圈子剛結束討論，另一邊的夏春秋也一臉歉意地拒絕了歐陽若，雖然聲音仍有些結巴，不過卻清楚表示出夏蘿必須和他睡同一間房。

「既然不能一起睡，那一起玩可以吧？可以吧？」歐陽若眨巴著大眼睛，若有所求地看向夏春秋，「若若可以帶小蘿去菜園裡挖地瓜，去溪邊抓小魚小蝦，還可以去後山冒險！」

「小蘿妳覺得呢？」夏春秋將選擇權交給妹妹。

「明天夏蘿再跟妳一起去玩，夏蘿想要挖地瓜。」夏蘿點點頭，一向沉靜的大眼也因爲歐陽若的描述而泛起一絲嚮往。

「嘻嘻，那我們打勾勾！」歐陽若伸出小指，對著夏蘿露出大大的笑臉，「說謊的人要吞一千根針喔！」

夏蘿也伸出手指，和歐陽若的小指交纏，拇指做了個蓋章的動作。

歐陽若這才心滿意足地向夏蘿揮揮手，咚咚咚地跑上樓梯，但跑到一半，忽地又從樓梯口探出頭，笑嘻嘻說道：「哥哥，今天的客人就交給你招待吧！」

「本來就是我要招待的。」歐陽明嘟嘟囔囔地抱怨，隨即一臉尷尬地看向夏春秋，「不好意思啊，小夏，若若比較任性，給你跟小蘿添麻煩了。」

「沒、沒關係的。」夏春秋靦腆一笑。

「哥哥，夏蘿可以出去看看嗎？」夏蘿抬起小臉，低聲問道，這個詢問也讓歐陽明恍然站起。

「對厚！大家一起去外面走走吧！不然待在客廳就太浪費時間了。」

「是剛剛那個小鬼在浪費大家的時間吧。」左易撇了撇唇角，那雙狹長的眼充滿不悅，「喂，小胖子，我要自己一個人去晃晃，你們這邊有什麼要特別注意的？」

「其實也沒什麼要特別注意，如果遇到其他人問起，說是我的同學就好。」歐陽明呵呵笑著，但隨即像是想到什麼，忙不迭出聲提醒，「啊，左易，拜託你千萬不要挑釁別人。」

左易沒好氣地咂嘴，隨手拎起椅背上的薄外套，邁開長腿就要朝門口走去。

卻沒想到原本窩在夏春秋懷裡的夏蘿忽地有了動作，她跳下兄長的大腿，三步併作兩步地跟上去。

「小易。」

「幹嘛，小不點？」左易回過頭，居高臨下地看著她。

「夏蘿跟你一起去。」夏蘿仰起蒼白的小臉，嗓音聽起來沒有特別起伏，但那雙大眼睛卻浮現出對新環境的一絲好奇。

「真拿妳沒辦法。」左易牽起夏蘿的小手，並且回過頭向夏春秋遞出一抹挑釁的笑，「喂，這傢伙我就帶走了。」

「啊……呃，好。」夏春秋訥訥地回答，「小蘿妳要乖乖的。」

夏蘿點點頭，朝兄長揮了下手，與左易一塊離開了，客廳裡的幾個人表情都有些複雜。

「太奇怪了。」回過神的葉心恬瞪著一雙美眸，不敢置信地嚷道。

「是挺奇怪的。」花忍冬心有戚戚焉地附和，將視線從那兩人離開的方向拉了回來。

「真沒想到。」林綾細緻的眉眼滑過一抹若有所思。

「沒想到左易這麼喜歡小孩子啊。」歐陽明咬著餅乾，接下了後半句話，臉頰被食物塞得鼓鼓的，讓人想起儲存糧食的松鼠。

「左易最討厭小孩子了。」平淡的聲音劃過所有人的耳膜，左容眼睫微垂，像是在閉目養神。

夏春秋看起來有些困惑，但緊接著像恍然大悟般輕擊了下掌，露出傻哥哥專屬的表情，有些羞澀但又掩不住得意地說道，「一定是因爲小蘿太可愛了。」

在「八卦」這點上頗有共同興趣的花忍冬和葉心恬交換了一個眼色。

以一般人的觀點來看，方才的歐陽若肯定比夏蘿可愛討喜許多——至於他們，當然是認爲夏蘿情緒起伏不大的樣子非常可愛——但一向刻薄的左易對夏蘿這麼縱容，一定有內幕。

「既然左易他們都出門了，那我們也去外面晃一晃吧。」歐陽明嚥下嘴裡的餅乾，拍拍手，揮去上頭的餅乾屑。

「我不去，我要留在房間休息。」葉心恬第一個否決這個提案。長途車程讓她的精神不怎麼好，身體懶洋洋的，只想躺在床上睡一覺。

「歐陽，我想留在你們家的書房，可以嗎？」林綾嗓音輕緩，嘴角彎出一抹淺淺笑意，徵求歐陽明的同意。

「當然可以。」歐陽明爽快地答應下來，對於同學們的選擇，他一向尊重。

一旁的花忍冬偷偷瞄了林綾一眼，在外出與書房之間做掙扎，但在看到對方遞過來「不許打擾」的視線後，他哎呀呀地撓撓頭髮，決定加入歐陽明的行程。

「小夏跟左容呢？」歐陽明轉頭看向還沒有表示意見的兩人。

「我想出去晃晃。」夏春秋掩不住眼底的興奮與好奇，畢竟這是他第一次來到紅葉村，對很多東西都充滿興趣。

左容只是輕微地點了頭，表示同意外出。

「那我們就出發吧！」歐陽明笑嘻嘻地將手一揮，氣勢萬千地從椅子上站起來，但隨即被身後的花忍冬一巴掌打在後腦勺上。

「耍什麼帥啊你？還不快點帶路。」

第二章

紅葉村之所以命名爲紅葉，據說是這裡種植著大片楓樹，每到秋天，一大片紅色葉子交相掩映，幾乎將整座村子都覆蓋上一片深紅。不知情的人從村外看進來，還以爲這座村子被染色了，故得此名。

離開歐陽明家之後，左易帶著夏蘿在紅葉村裡慢悠悠走著。

他的外表本就得天獨厚，即使眼神再凌厲不馴，還是無法阻止女孩們興奮的竊竊私語，與落在身上充滿驚艷的視線。

那讓左易覺得很煩，尤其在看到幾個女孩妳推我擠地往他們的方向湊過來時，他的表情簡直是不耐煩到了極點。

依照他的習慣，對於前來搭訕的陌生女孩，冷冷地、惡毒地拋出一句「醜女，滾開」，是稀鬆平常的事，但顧慮到夏蘿與歐陽明的關係還不錯，再加上他們幾人又是被那個小胖子邀請來的，如果他的言行替歐陽明惹來麻煩，夏蘿的心情想必會受影響。

意識到自己思考的重心居然是放在旁邊的小不點身上，左易都忍不住要對自己翻一個白眼了。

「小易？」夏蘿抬起頭，在陽光映射下，彷彿黑水晶般剔透的眸子瞅了過去。

「前面有人在辦喪事，我們去其他地方。」左易飛快瞄了前方一眼，替自己的停步找到一個好藉口，「想去哪邊晃晃嗎？」

夏蘿眨著大眼睛，想了一下，然後轉過頭，細細的手指比向村後的連綿群山。

紅葉村的後山，並不是眞的單指有一座山就叫作「後山」，而是泛指紅葉村靠近南邊的群山地區。

由於那裡距離村內大部分住家有一小段距離，加上靠著許多屋宅的後院，因此村裡的大人小孩都乾脆用後山來稱呼。

相較於紅葉村遍地金黃燦爛的陽光，有著大量楓樹的後山則由於這些高挺樹木枝葉的阻擋，顯得陰涼許多。

現在正是夏季，後山裡的楓樹一片青翠。假使進入秋季，將會是滿山壯麗的紅艷，遠遠望去，幾乎要讓人疑似是山頭著了火。

蟲聲唧唧、鳥雀啼叫，還有枝葉被涼風吹拂得沙沙作響的摩挲聲，替這片山域帶來生機勃勃的氣息。

少了那些煩人的打量視線，左易心情顯得好多了，他並沒有刻意去牽夏蘿的手，兩人一前一後走在山路上，維持著一步遠的距離。

在蓊鬱的翠色中，左易的紅髮顯得無比搶眼，讓人想到被秋意染紅的楓葉。他雙手插在口袋裡，看似漫不經心地往前走，但眼角餘光總會不時覷向後方，注意著夏蘿與自己的距離是否拉得太遠。

從村子裡走到後山，這樣的運動量對一個十歲的小女孩而言剛剛好，只見那張本來白皙的臉蛋被熱度暈出一層紅潤，彷佛鮮嫩欲滴的水蜜桃。

夏蘿速度不快，有時走幾步就會停下來，東張西望地看著那些形狀各異的蔥綠植物。左易也不催促，那張平常時候透出張狂的臉孔，此刻卻是意外地閒適。

即使一路上夏蘿安安靜靜的，沒有說上幾句話，但左易卻極其享受這股放鬆的氛圍。兩人走走停停，時間在不知不覺間流逝，但誰也沒有在意。夏蘿的那雙大眼睛仍舊神采奕奕，明亮得不可思議。

在經過一處被灌木叢包圍了四分之三左右的草地時，左易彷佛想到什麼般，驀地往那個地方走去。

夏蘿像條小尾巴一樣，尾隨在後。

在中心處，左易站定後，兩隻手從口袋裡抽出來，改爲雙手環胸的姿勢，居高臨下睨視著身高不到他胸口的夏蘿。

髮長及背的小女孩仰起臉蛋，好似在無聲地詢問。

「小不點，這裡就我跟妳，就算大喊大叫也不會引人注意。」左易半瞇著眼，一抹不懷好意的光芒滑閃而過。

這句話來得沒頭沒尾，甚至很容易讓人聯想到他處。如果夏春秋在場，一定會立即把妹妹摟進懷裡，滿懷防備地看著自己的室友。

但夏蘿卻點了點頭，神色沒有半點波瀾，仍舊用著專注的眼神看向左易。

「趁這個機會，我們來好好糾正一下妳的壞毛病。」左易不容置疑地說道。

「壞毛病？」夏蘿眸子微微睜大，稚氣的嗓音流瀉出困惑。

「妳不肯尖叫的壞毛病。」左易險惡地扯了下唇角，讓那張俊美的臉孔看起來充滿反派氣息。

就像心有靈犀般，夏蘿立時反應過來。她眼睛睜得滾圓，舉起小手試著想要解釋什麼、比劃什麼，但看到左易沒有半點妥協的神色，她又突然什麼話也說不出來了。

「害怕的時候本來就不該忍著。」左易稍嫌粗魯地揉了揉夏蘿的頭髮，惡聲惡氣地說，

「妳得尖叫出來向我求助。」

他想起在寢室初遇夏蘿的時候。這名黑髮黑眼、膚色蒼白的小女孩，即使看到鬼，也只是抿著嘴唇，白瓷般的臉蛋上不帶情緒起伏，僅有兩隻攢得緊緊的小手洩露出她的畏懼。

明明很可怕，她卻是一聲不吭，只是壓抑著、忍耐著，這讓左易覺得憐愛又惱怒。

「這裡沒有人，只有我。」他又重複一次，「尖叫沒什麼好丟臉的。」

「沒有覺得丟臉，只是。」夏蘿停頓了下，最後才以稚氣的童音說道，「只是夏蘿已經習慣了。」

「聽妳放屁！這種事哪有什麼好習慣的？」左易凌厲的眼神刺向她，「妳這個小不點明明怕得要死。」

「不能怕。」即使左易的視線尖銳無比，但夏蘿仍舊筆直地看向他，不迴避、不閃躲，「接近夏蘿的人很容易看到那些東西，是夏蘿讓他們感到害怕的，所以夏蘿不能怕。」

她的聲音輕輕的，聽不出抑揚頓挫，彷彿不帶情緒地在敘述一件事。

不是不會怕，而是不能怕。

左易心頭像是燒著一團火，怒意來勢洶洶，卻又不知該對誰發洩。他想到夏蘿曾提過，在夏春秋唸高中的這三年，她也會待在綠野村。

「爲什麼轉學？」左易皺著眉，試著讓自己的語氣不要像是咄咄逼人的質問。

「因爲那間學校以前是墳場。」看到左易瞬間大變的臉色，夏蘿就像是知道對方下一句要問什麼似的，安靜說道：「夏蘿是在三年級的時候才看得見那些東西的。剛好，哥哥的學校在綠野村，小姑姑也在綠野村，所以夏蘿跟爸爸央求轉學。」

「聽起來也沒有好到哪裡。」左易的表情仍舊不太好看，他忿忿地在草地上踱了幾步，忽然無預警扯開嗓子大吼一聲。

渾厚的聲音迴盪在山間，震得夏蘿反射性縮了下肩膀，一雙大眼睛好奇地瞅著左易。

「小易爲什麼要大叫？」

「我是在示範如何尖叫給妳看。」左易斜睨了她一眼。

夏蘿盯著左易一會兒，唇邊忽地綻出小小的笑花，糾正道：「剛剛的才不是尖叫，尖叫應該是這樣。」

她深吸了一口氣，張開嘴，如同使出全身力氣般，將聲音拔得又高又尖。只見不遠處的枝葉忽地啪沙啪沙搖晃，竟然被驚出幾隻慌亂撲翅的鳥兒。

「不錯，肺活量很好。」左易的臉終於沒那麼臭了，像是被她逗樂一樣地咧開嘴，「但是比不過我。」

話落，左易又放聲大吼一次，他眼角揚起，顯得有些得意洋洋。

夏蘿不服輸地也使勁尖叫了幾次。即使身高與年紀都比不上左易，但在面對這個張狂自我的紅髮少年時，她沒有半點畏怯之心。

粗啞與稚氣的喊叫在山裡接連響起，直到喊到聲音都有些分岔了，左易才終止這場像是玩鬧般的訓練。

夏蘿眼睛亮晶晶的，好似所有煩心事都拋到腦後。她轉過頭，看著左易，掩不住期待地問。

「小易，接下來往上走嗎？」

「不了。」左易故意忽視夏蘿眸子裡閃爍的光芒，給出了否定的答案。在對方有些失望地垮下肩膀、低下頭的時候，又更加壞心眼地追加一句。

「依妳的小短腿，我們走到山上再走下來，天都黑了。」

「不短。」夏蘿的小腦袋以最快速度抬起，儘管小臉不見情緒，但她堅定且沒有動搖的語調，表示出她有多麼不認同左易的說法，「小姑姑說，夏蘿以後會變成長腿美少女的。」

「妳？算了吧。」左易又發出一聲嗤笑，「夏春秋都長不高了，更別說是妳這個小不點。」

他大力揉了揉夏蘿的頭髮，在夏蘿鼓起腮幫子、無聲地表示抗議之際，猛然一把托住她的腋下，輕鬆地將那具嬌小身子舉至半空中。

夏蘿短促地抽了一口氣，眼睛瞪得大大的，顯然被他突如其來的舉動嚇到了，踩不到地的懸空感，讓她下意識僵住身體。

下一秒，左易做出了假使左容在場也一定會驚訝萬分的舉動。

他一邊將夏蘿托得更高，一邊心情很好地說了一句「壓好妳的裙子，小不點」，同時彎下身，幾個動作間，輕而易舉地將夏蘿高舉過頭頂，讓她跨坐在自己肩膀上。

這個特等席所帶來的極佳視野，讓夏蘿張著小嘴，發出了無聲的感歎。先前因爲灌木叢而看不清的另一面的景象，頓時一覽無遺地映入眼裡。

夏蘿曾聽兄長說過，從山上往山下看時，不管是屋舍還是農田，都會瞬間縮小成像積木一樣，彷彿隨手就可以拿起。

因爲綠野村的後山緊鄰墓園，夏蘿的體質讓她無法一個人跑到那邊去，所以一直很憧憬著兄長口中所描述的美麗景色。

「……小易，謝謝。」夏蘿屏氣凝神了好半晌，才像是找回聲音般，細聲細氣地說道。

「還不是妳腿太短了。」左易不客氣地嘲笑，「我不把妳扛起來，妳什麼也看不到。」

夏蘿氣鼓鼓地揪了揪左易的頭髮，以示不滿，但因爲手勁實在太不足了，反倒像是在給人順毛。

左易半瞇著眼，居高臨下地俯視著變作小小一團的紅葉村，兩隻大手則是穩穩扶住夏蘿的小身子。

一會兒過後，他才懶洋洋地拋出話，「看夠了嗎？我肩膀開始痠了。」

「嗯，夠了。」夏蘿邊說邊點點頭，就像是沒有聽出隱在句子裡的另一層含意。

但在左易將她放至地面時，她忽然猝不及防地抓住他的手，在上頭咬了一口。

「老子的手是給妳磨牙用的嗎？」左易瞥了下手背上的牙痕，不是很在意地抱怨。

「夏蘿不重，是小易體力太差了。」夏蘿認眞糾正這個錯誤，「體力差，要訓練。」

「我體力差？」左易似笑非笑地睨了她一眼，「小不點，我可是一點也不介意將妳像米袋一樣扛在肩膀上，一路扛下山的。」

他刻意將「一點也不介意」這六個字咬得特別重，立即看到黑髮白膚的小女孩迅速往後退幾步，與他拉開距離。

「不要像米袋，不要扛下山。」夏蘿堅定地表達立場。

那副如臨大敵的模樣，看得左易心中暗笑，薄唇卻刻意拉出一抹陰惻惻的弧度，像是盯上獵物咧嘴而笑的野獸。

「可以自己走。」夏蘿一邊用力強調，一邊就想往旁邊鑽出去。

但左易仗著自己的身高優勢，手臂一伸，輕而易舉就將那具小小身子撈了起來。

「小不點。」左易嘲笑的語氣帶著一絲親暱。

這三個字此時落在夏蘿耳裡，不啻於「小短腿」三個字，她鼓起腮幫子，藉著左易一手托住她的臀部、一手扶在背後的姿勢，上半身往前一傾，湊向左易的肩膀，伸出小手就要揪住一綹紅艷艷的髮絲。

下一秒，夏蘿動作忽地一頓，眨了幾下眼睛，看著從左易身後延展而出的山路。

黃褐色小路綿延了一段距離後岔成一個Y字形，那本該是兩條再普通不過的岔路，然而地上卻出現了山裡不該有的東西。

宛如玻璃珠一般的小小圓珠子。

左邊是藍色的，右邊是紅色的，它們被擺弄成充滿誘惑性的指標，均勻散布著。

就像是糖果屋裡的韓賽爾與葛麗特為了找尋回家的路，將麵包撕成一塊塊，撒在路上。

顏色鮮艷並且帶了一絲透明感的圓珠子，在陽光映照下折射出充滿誘惑的光彩。但夏蘿卻不像一般孩子看到新奇事物時好奇地睜大眼睛，相反地，她抿著嘴，本就白皙的臉龐變得更加蒼白了，依稀可以看到底下的血管。

她的太陽穴隱隱作痛，好似有誰拿著小鎚子在敲敲打打，一股戰慄從後頸直竄大腦，突來的涼意讓裸露在衣服外的肌膚浮出一片雞皮疙瘩。

夏蘿的停滯與沉默引得左易挑高了眉，抱著她轉過身，頓時看見散落在兩條岔路上的圓潤珠子。

「什麼東西？」左易狐疑地瞇起眼，下意識就要往前走，然而一聲細若蚊蚋的輕喚止住他的動作。

「小易。」夏蘿細細的手臂將左易的頸子環得更緊了，臉蛋埋在他的頸窩處，彷彿要將自己藏起來似的。

即使不用哄著對方抬起臉，左易也可以從她驟然緊繃的身子感受到她的壓抑與隱忍。

「我們回去。」左易沉下臉，也不將夏蘿放下來，當機立斷地腳跟一旋，手臂穩穩托著她，頭也不回地往山下走。

往兩側分岔的山路不見人跡，僅有紅色與藍色的圓珠子被風吹得滴溜溜轉動幾下，折射出剔透的光芒。

隱隱約約，在涼風拂動枝葉的細響中，好似有誰唱著歌。

呀啊，紅葉村的鬼啊鬼，有著尖尖的牙齒、大大的嘴，在提著燈籠的夜晚，他們會出現……

□

左易與夏蘿尚未離開後山，歐陽明已盡職地當起了同學們的導遊。

紅葉村都市化並不深，所以四周仍可看到已種植了作物或正在開闢的農田，蒼蒼綠意映在眼底，顯得生機勃勃。

建築物也多以紅磚石棉瓦爲主，偶爾會有幾棟西式房屋坐落其中，而村子最熱鬧的地方，就是村中央的小街了。蔬果店、魚店、肉店、雜貨店……以及郵局、診所、派出所，都在這條街上，每到下午時分，家庭主婦都會來這裡採購。

至於從中央大街分岔出去的道路，則可以通往外邊的農田或菜園。這些宛如蜘蛛網的巷子，常常會讓初到紅葉村的人失了方向感。

在這裡土生土長的歐陽明自然不會如此，雖然還是一手拿著零食邊走邊吃，但對於村子的解說可不含糊，沒多久就讓夏春秋等人了解巷道的排列規則，也大概將村子繞了一圈。

「沿著中央街往下走到盡頭，就是紅葉國小了。不過現在是暑假，那邊也沒什麼人，挺冷清的。」帶領夏春秋等人離開熱鬧的街道，歐陽明慢吞吞說道，講話速度會這麼慢，是因爲他嘴裡還塞著巧克力。

「歐陽，還有什麼地方比較特別？」花忍冬看著周邊的傳統三合院，一臉好奇。

「特別啊……」歐陽明抓抓頭髮，「那我帶你們去村子外邊逛逛好了，明天預定要帶你們到那邊烤地瓜。」

「烤、烤地瓜？」夏春秋眼睛頓時亮了，「我從來沒有烤過地瓜。」

「很好玩的，小夏，包準你會迷上。」歐陽明領著身後三人，加大步伐，從一條分岔的小道拐出去，不久就看見一片金黃映入眼底。

一畝畝田地有序地分布在道路邊，不時可以看見幾名村人在裡頭忙碌著。看到歐陽明，通常都會直起身子來，笑咪咪地跟他打招呼，讓同學們見識到歐陽明的好人緣。

不過有一點讓花忍冬很是疑惑，食指捲了捲髮梢，看著身前的胖胖身影，掩不住好奇地問道。

「歐陽，爲什麼村裡的人都叫你少爺？」

在剛才參觀村裡的路上，只要有村人看到他們，就會先稱呼歐陽明一聲少爺，隨即才笑容可掬地跟他們打招呼或攀談。

「花花，你注意到了啊？」

歐陽明又丟了一顆巧克力球到嘴裡，胖乎乎的臉上露出傷腦筋的表情，耳邊同時傳來花忍冬一聲輕笑，以及一句「人家可沒聾啊」。

「其實啊，我們剛剛經過的田地菜園，以前都是歐陽家的土地。聽阿公說，祖先當初是以很便宜的價格或租或賣，讓村人可以耕作過活。爲了感念祖先的恩惠，所以歐陽家的人都會被冠上敬稱。」

「沒想到你的背景這麼不簡單呢，歐陽少爺。」

花忍冬眼裡浮現打趣的神色，一旁的夏春秋則是用景仰的眼神望著歐陽明。

「也只不過是被加了個『少爺』的稱呼，其他都沒改變啦。」歐陽明擺擺手，打碎這兩人對「少爺」兩字的美麗幻想，「我們家最受寵的可是若若呢。」

「你不是長孫嗎，歐陽？」左容抛出詢問，她的速度不快也不慢，但總是可以和前面幾人保持固定的距離。

「是長孫啊。」歐陽咬著嘴裡的零食，發出喀啦喀啦的聲音，「我應該是最不被重視的長孫了吧。」他誇張地嘆口氣，但那雙小眼睛依舊充滿笑意，沒有絲毫怨艾。

「歐陽，你們家該不會是母系社會吧？」花忍冬掩著嘴，咯咯笑道。

「不是啦。」歐陽明搖搖頭，否定了花忍冬的猜測，「是因爲我們家女生本來就少，所以若若一出生才會備受疼愛。」

四個人就這樣邊走邊聊天，沒多久就來到了村子最外圍。這個時候已經看不到村人了，只有一片長滿雜草的土地在眼前展開，貫穿這片土地的道路反而顯得格外突兀。再往前一段距離，可以看見那條路通往一座森林。

雖然現在是夏天，但已有一些葉子帶著淡淡的淺黃，綠黃交錯的色彩染在這片林子裡，讓人忍不住多瞧上幾眼。

「歐陽，前面的森林是？」夏春秋好奇地想要再往前多走幾步，卻被歐陽明一把拉住胳膊。

「小夏，不要接近那裡比較好。」歐陽明輕輕搖搖頭，同時制止其他人前進。

「啊，不、不好意思。」夏春秋趕緊縮回腳。

「歐陽，那座森林怎麼了嗎？」左容打量眼前的森林，「曾發生過不好的事？」

「沒沒沒。」歐陽明連忙搖手，「那座森林很正常，沒有發生過奇怪的事。」

「既然很正常，爲什麼不讓人家過去看看？」花忍冬挑起秀氣的眉毛，遞去一記莫名其妙的眼神。

「因爲裡面是墓地啦。」歐陽明嘆了口氣，這才說出答案，「紅葉村的村民死去之後，都會把屍體運到森林裡埋葬。」

「原來如此。」聽了這番話，花忍冬的好奇心早已消失得一乾二淨。

「對了對了。」歐陽明突然一臉正色地看向他們，鄭重其事地說，「今天晚上十點過後，不可以出門喔。」

「啊？」花忍冬一臉納悶，「歐陽，你們家有門禁？」

「不是啦。」歐陽明刮了刮臉頰，「因爲今天是行燈夜。」

「行燈夜？那是什麼？」

晚餐時刻，一群人圍在飯桌前一邊聊著天一邊吃飯，葉心恬在聽到歐陽明的提醒後，訝異地挑高秀麗的眉毛。

由於歐陽明的父母尚未回家，所以歐陽佐叫了外賣，讓幾個大孩子與歐陽若聚在廚房裡吃晚餐。至於他，則是笑咪咪地到鄰居家泡茶聊天了。

「若若知道行燈夜喔！」筷子總是拿不順的歐陽若抬起頭，眨著大眼睛說道，「晚上十點過後不可以出門，大家都必須待在家裡。」

「這個歐陽剛剛已經說過了。」葉心恬輕輕哼了一聲，漂亮的眸子就是不看向歐陽若，顯然還記恨著下午的事。

一旁的林綾看到這個小動作，唇角不禁溢出淺淺笑意。

歐陽明完全沒有發現葉心恬跟歐陽若之間的詭異氣氛，他從便當裡抬起頭來，嘴邊還沾著幾顆飯粒。

「啊，哥哥帶便當！」歐陽若伸出手，大聲說道，「羞羞臉。」

歐陽明不以爲意地笑了笑，將嘴邊飯粒放進嘴裡吃掉，隨即才開口回答葉心恬的問題。

「行燈夜是我們紅葉村的習俗，凡是有人出殯的那天晚上，十點過後就不許村人外出。而送葬的隊伍則會在這段時間啓程，四人搬著棺木，家屬則手提燈籠，引領亡者上路。」

「出殯就出殯，爲什麼不許人外出？」葉心恬的疑惑並沒有被解開，相反地，反而變得更深了，她忍不住嘛起嘴，「都市裡可沒人這樣做。」

「聽說是爲了讓亡者可以安心上路，不被外界聲音影響而不捨離去。」歐陽明笑著解釋，「以前更嚴格呢，連燈都不許開，大家十點一到就要上床睡覺。」

「那多無聊啊。」花忍冬忍不住輕呼，他一向習慣晚上十二點才就寢，聽到這個規定，只覺得這其實是以前大人用來強迫小孩子上床睡覺的藉口。

「不會啦，我們可以打牌、聊天、看電視、看書，不然玩枕頭大戰也可以。」歐陽明笑嘻嘻地說道，最後面的提議立即引來夏蘿的共鳴。

「夏蘿想玩枕頭大戰。」

「好啊好啊，若若陪妳一起玩！」一聽到夏蘿主動表示，歐陽若興奮嚷道，「大家可以一起來若若的房間玩。」

「沒興趣。」坐在隔壁的左易漫不經心地回了一句，將便當裡的一塊肉挾給夏蘿，順道把她不喜歡吃的紅蘿蔔挾進自己的飯盒。

「我也是。」左容淡漠說道。

「我……」葉心恬抿著嘴，陷入了猶豫。她其實對一群人玩枕頭大戰很嚮往的，但一想到歐陽若也要加入，心底總是有些抗拒，她可沒忘記歐陽若下午說過的話。

「哥哥陪夏蘿玩。」夏蘿扯了扯兄長的衣角，睜著一雙圓黑眸子提出央求。

「當然好。」夏春秋笑容滿面地摸了摸夏蘿的頭髮。

「我跟小葉也加入。」林綾輕笑說道，眼角餘光看見葉心恬先是露出期待的眼神，但隨即又板起臉孔，假裝自己不在意。

「還有人家。」花忍冬舉起手，強烈表示加入的決心，但下一秒卻被歐陽明一口否決。

「不行啦，花花，你丟出去的枕頭會變成凶器啦！」只要一想起花忍冬在搬入宿舍的第一天就拆掉一扇門板，歐陽明說什麼都要制止這個危險人物加入。

「歐陽說得沒錯。」林綾推了推眼鏡，用婉約但不容拒絕的嗓音說道，「你就在客廳看電視吧。」

「討厭啦，這是歧視、是歧視，人家只是力氣稍微大一點點。」花忍冬用食指與拇指拉出一小段距離。

「根本是怪力。」左易發出嘲弄的一聲。

「哎，怪力還是比戀童好一點吧。」花忍冬笑咪咪地回敬一句。

「你再說一次？」左易惡狠狠地吊高眉，低沉的嗓音滲出一絲暴虐。

「你聽錯了，左易，人家剛剛什麼都沒有說。」花忍冬背部一涼，忙不迭擺出最人畜無害的無辜表情。

左易不屑地嗤了一聲，收回甩向花忍冬的刀子眼，低下頭繼續吃起晚飯。

因為這個小插曲，飯桌上的氣氛陷入短暫的沉默，不過沒幾分鐘，歐陽若忽然遲疑地停下筷子，抬起小臉，小巧的鼻子抽動著，引來歐陽明不解的視線。

「若若，怎麼了？」

「又有香香的味道了。」歐陽若放下筷子，從椅子上跳下來，大眼睛轉呀轉，掃了眾人一圈。

左易冷冷瞪了她一眼，左容毫不在意地吃著晚餐，歐陽明滿臉困惑，葉心恬的視線隨著歐陽若移動，林綾淡雅微笑著；夏家兄妹則是互相對視了一眼，想到今天下午發生的事。

歐陽若先是來到夏蘿身後，湊近聞了聞，隨後又搖搖頭。

「不是小蘿身上，雖然也香香的，但是味道不一樣……可是好奇怪，那個香香的味道是從這邊傳出……」

最後的「來」字還含在口中，歐陽若忽然眼睛一亮，轉到夏春秋背後，高興地拍起手。

「找到了！香香就是從大哥哥身上傳來的。」

「咦？我、我嗎？」夏春秋愕然地比著自己，反射性低下頭嗅了嗅，可是什麼味道都沒聞到。

一旁的左容瞥了歐陽若一眼，隨即將身體微微傾向夏春秋，鼻子抽動幾下之後，才將距離拉開，「我沒聞到春秋身上有味道。」

「沒關係，若若聞得到就好。」歐陽若看了看夏蘿，又看向夏春秋，一雙大眼睛笑嘻嘻地彎了起來。

比起歐陽若那番讓人無法理解的發言，夏春秋更在意的是左容方才的舉動。那瞬間，兩人靠得極近，他的皮膚都可以感受到左容溫熱的鼻息。

然後，夏春秋的耳朵又紅了。

「你們覺得……左容她，該不會是喜歡小夏吧？」

慵懶的清軟嗓音在偌大的客廳裡響起，靠在椅背上的花忍冬邊修著指甲，邊拋出話題。

「什麼？」正喀滋喀滋咬著洋芋片的歐陽明抬起頭來，一臉茫然。

「左容是喜歡那小矮子沒錯。」左易倚在窗邊把玩著手機，頭也不抬地說。

由於夏蘿不在場，所以他對夏春秋的稱呼又換了回來，就像他喊歐陽明小胖子，喊花忍冬死人妖一般，非常刻薄的口吻。

「呵呵，人家果然沒猜錯。」花忍冬發出曖昧的輕笑。

「咦咦咦？等等，你們說……左容喜歡小夏？」終於理解話題內容的歐陽明發出訝異的叫聲，手中的洋芋片掉在大腿上，「可是可是，他們兩個站在一起很像是同、同——」

最後兩個字歐陽明不好意思說出口，他講話本來就沒有惡意，只是單純發表看法。

「同性戀？」左易挑高眉，薄薄的嘴唇拉出一抹不懷好意的弧度，「啊，是挺像的。」

花忍冬閉上眼睛，想像了下畫面。左容中性俊美、嗓音略低、身材高挑，甚至比夏春秋高了半個頭，這兩個人如果手牽手站在一起……

「咳咳咳。」花忍冬頓時被口水嗆到了，連忙拍著胸口，不適地咳了幾聲。

但這陣咳嗽聲剛好落在下樓的夏春秋耳裡，他從樓梯扶手處探出身子，關切問道。

「花花，你還好嗎？是不是感冒了？」

聽到夏春秋的聲音，花忍冬再次被口水嗆到了，他用力咳了咳，隨即擺出親切和善的表情。

「沒事，只是剛好嗆到。小夏，你不是在樓上玩枕頭大戰嗎？」

明顯沒有聽到剛才對話的夏春秋撓撓頭髮，一邊走下樓梯，一邊露出不好意思的笑容，「跟小蘿她們玩了一會，不過在場的都是女孩子，我不好意思一直待下去，就溜了出來。」

「也是，如果小夏碰到了林綾的身體，人家可不會放過你唷。」花忍冬以開玩笑的語氣說道。

「當、當然沒有！」夏春秋慌慌張張地搖著手，但仔細思考花忍冬句子的含意之後，他頓了頓動作，有些試探地問道，「花花，該不會你……？」

後面的句子還沒來得及說出口，就被花忍冬豎在嘴唇前的手指制止了。

「說出來可就不浪漫了喔，小夏。」花忍冬噙著笑，細長的眼睛彎成了好看的新月狀。

「什麼浪不浪漫的？花花，你晚上怪怪的喔，是不是吃壞肚子了。」歐陽明咬著餅乾，上上下下地打量室友一眼，然後搖了搖頭。

花忍冬營造的曖昧氣氛立即被打散得一乾二淨，他瞪了只知道吃零食的歐陽明一眼，決定在半夜把被子全部捲走。

「左容呢？沒跟你們在一起？」夏春秋掃視客廳一圈，只看見坐在椅子上的花忍冬、歐陽明，以及站在窗邊的左易。

「她在房裡。」歐陽明比了比天花板，嘴巴裡還嚼著東西。從吃過晚餐到現在，他已經不知道嗑掉幾包零食了。

「吃吃吃，總有一天胖死你。」花忍冬捏了捏歐陽明胖乎乎的臉頰。

「粉痛欸，發發。」歐陽明發出含糊不清的聲音，企圖搶救自己的臉頰。花忍冬又擰了他一下，這才放手。

就在這時，牆上的老爺鐘發出了噹噹噹的厚重聲響。

「啊，十點了，行燈夜開始了。」歐陽明將手指上的餅乾屑舔掉，從椅子上站起來，招呼花忍冬與夏春秋來到窗邊。

原本就站在那裡的左易冷冷瞥了他們一眼，將身子往旁邊移動一些。

「行、行燈夜，就是歐陽你今天說的那個？」夏春秋貼著玻璃窗，一臉好奇地看著一片沉黑的外頭。

根據歐陽明所說，只要是行燈之夜，村裡的路燈都會全部熄滅，這是爲了讓亡者可以心無旁騖地跟著家屬的燈籠，前往森林裡的沉眠之地。

約莫數分鐘後，夏春秋就看見數盞橘紅燈火出現在不遠處的街道上，宛如要劃破黑暗。一道排列整齊的隊伍緩緩前進著，氣氛如此沉寂，彷彿聲音都被吞噬掉了，無聲的夜晚裡只剩下燈火搖曳著。

第一次看見這個儀式的夏春秋不敢發出任何聲響，他怔怔地張著嘴，如同被眼前的一幕震撼到，直到歐陽明刷的一聲拉上窗簾，才猛然回神。

「畢竟是出殯，看太久還是不太好。」歐陽明回到座位上，零食吃光了，他就改抱起桌上的水果盤，將切好的蘋果放進嘴巴裡，「如果跟亡者的靈魂對上視線，就糟糕了。」

歐陽明的口吻就像在說「今天天氣很好」一樣，但落在花忍冬耳裡卻是另一個意思。

「等等，歐陽，你剛剛說什麼？跟亡者的靈魂對上視線？」

「那只是聽說啦。」歐陽明笑呵呵地擺著手，一臉不以爲意，「我還小的時候，阿公就告訴我，行燈之夜又稱爲引魂夜，所以死者的靈魂會跟隨出殯隊伍移動。如果被它發現有人偷看，可能就會脫離隊伍。」

「那你還叫我們看？」花忍冬倒豎起兩道細眉，聲音都有些發顫了，「你明明知道人家最討厭那個的！」

「放心啦，我以前偷看過好幾次都沒問題，而且我們家離出殯隊伍那麼遠，剛剛看的時間也很短，不會有問題的。」歐陽明憨厚笑著。

「喂，小胖子。」左易突然開口，總是帶著不馴感的嗓音此刻卻出奇冷靜，「今天出殯的，是一位長髮的女人嗎？」

「對喔。聽我阿公說，她的身體不太好，丈夫爲了讓她可以養病，才特地搬過來，沒想到卻……」歐陽明說著說著，也覺得不太對勁了。

左易初次來到紅葉村，身邊又帶著夏蘿，怎麼可能會接近正在辦喪事的喪家，更別說知道死者是誰了。

「左左左易……」花忍冬的聲音顫抖得更厲害了，他緊緊揪著夏春秋的衣角，兩個人的臉色都變得慘白。

「那個女人剛剛往這邊看過來了。」左易鐵青著臉說道。

第三章

行燈之夜的隔天，天氣依舊晴朗，熾熱的陽光從空中直射下來，讓待在空地上的葉心恬一邊抹汗，一邊發出不滿的抱怨。

「好熱啊，爲什麼這麼熱的天氣我們要來這邊挖土呢？」她雙手緊緊握著鋤頭，使勁舉起又敲下，前端陷入土裡，用力一挖，卻挖出破碎的土塊。

現在葉心恬一夥人正在一塊已經收割完畢的農地上，一蓬蓬稻草堆放在附近，有的束成了三角狀，有的則是做成稻草人。乾裂的土塊很適合拿來堆成烤番薯的基座，也就是俗稱的焢窯。

然而最讓葉心恬感到詭異的是，一向負責接話的花忍冬正怔怔看著地上，不知道在發什麼呆。

明媚的眼眸再移向左易、夏春秋，以及歐陽明，葉心恬吃驚地發現這四名少年身邊的氣氛明顯和旁人不一樣，沉重到彷彿散發出黑色氣流。

「林綾，他們好像怪怪的？」葉心恬放下鋤頭，一臉納悶地走到室友旁邊，說出自己的新發現。

「是挺奇怪的。」林綾推了推有些滑落的眼鏡，一雙知性的美眸瞇了起來，上上下下打量著同學們，開口喚道，「花花，過來我這邊一下。」

「咦？啊，好。」花忍冬身體一震，像是突然被拉回神智，一手抓著鋤頭，匆匆忙忙跑到林綾身邊。

「你們怎麼了？一副心事重重的樣子。」林綾關切地詢問。

如果是平常的花忍冬聽到了，一定會眉開眼笑，宛如竹筒倒豆子般，將所有話說給林綾聽；但現在的花忍冬卻只是畏縮地嚥了嚥口水，偷偷向後退了一步。

「花花？」林綾笑得越發溫柔了，她注意到花忍冬的小動作，「你是不是有什麼事瞞著我們？」

花忍冬先是慌慌張張地搖搖頭，但看林綾唇邊的笑意越盛，頓時哭喪著臉，輕輕地點了點頭，然後偷偷瞄了一眼葉心恬，將嘴唇湊到林綾耳邊，小聲說出昨晚發生的事。

不只葉心恬和林綾注意到他們的不對勁，左容也察覺到了。她邁開雙腿，直接走到夏春秋身邊。

「怎麼了，春秋，中暑了嗎？」知道夏春秋有容易中暑的體質，左容往這個方向猜想。

夏春秋支吾幾聲，原本想推說自己沒事，但在左容執拗的視線下，只能訥訥地開口，將昨晚的事情全部托出。

左容聽了並沒有露出動搖的神色，表情依舊平淡，「沒事的。」她的聲音沉穩，帶有一股安撫人心的力量。

「可、可是……」夏春秋囁嚅著，想要再說什麼，卻被左容突然放到臉頰上的手掌給驚嚇到，一雙眼睛瞪得圓圓的，耳根子再次像火燒一樣，紅紅燙燙。

「可能是左易看錯了，你不必在意。」

「是、是這樣嗎？」夏春秋結結巴巴地說道。

左容手指帶著微涼的溫度，碰觸在臉上很舒服，一會兒過後她便挪開手，雖然夏春秋不清楚心底那股悵然若失的情緒是怎麼回事，不過行燈之夜殘留的不安已淡了不少。

另一邊的左易板著臉、垂著眼，嘴唇抿起，不知道在思索什麼。

即使戴在頭上的草帽擋住他半張臉，但挺拔高挑的身形依舊吸引不少路過女孩的注意。抬眼看了不遠處和歐陽若玩在一塊的小女孩，左易拉了拉帽簷，低聲叫道：「小不點，來我這邊一下。」

夏蘿先是抬起頭東張西望了一會，隨即才發現左易。她側過臉和歐陽若說了幾句話，就啪噠啪噠跑了過去。

「小易？」夏蘿仰起小臉，黑幽幽的大眼睛眨也不眨。

左易彎下身子，將寬大的手掌放在夏蘿額頭上，發現從皮膚裡滲入的溫度不高也不低，屬於正常值，這才把手移開。

「妳昨天有覺得頭暈不舒服嗎？」

夏蘿搖搖頭，黑色長髮隨著她的動作而晃動。

「沒事就好。」左易不禁鬆了口氣，但一對上夏蘿那雙納悶的眼眸，就像是覺得彆扭般，撇著嘴，粗聲粗氣地說道，「我昨天幹了一件蠢事。」

「小易做了什麼？」夏蘿童稚的嗓音依舊沒有起伏，但這樣的聲音落在左易耳裡，卻覺得很安心。

「做了可能會招來那種東西的蠢事。」左易自嘲地勾起唇角，眼神陰沉不少，他乾脆蹲下身子與夏蘿平視。

由於夏蘿的體質比較敏感，只要周遭有鬼魂出沒，便容易低燒或頭痛，這也是左易將手掌放在她頭上的原因。

「可是夏蘿沒有覺得不舒服。」盯著那頂遮住左易臉孔的草帽，夏蘿突然伸手將它摘掉，然後摸了摸左易偏紅的頭髮，「所以小易不用在意。」

「竟然被妳這小不點安慰了。」左易哼了哼，嘴角卻忍不住往上翹起，露出夏蘿熟悉的野蠻弧度。

就在左容安撫夏春秋，夏蘿揉著左易頭髮，林綾皮笑肉不笑地扯著花忍冬的耳朵時，歐陽明興奮的聲音忽然傳來，無法忽視的喜悅讓田裡所有人都抬起頭，朝他看去。

只見胖墩墩的歐陽明從田梗上跑來，明明只有短短距離，卻跑得上氣不接下氣，隨即用力揮著手，扯著喉嚨大喊。

「小夏、花花、左易，沒事了，昨天只是一場誤會！」

「啊？」花忍冬發出一個愕然的單音，那雙細長的狐狸眼頓時睜大不少。

「誤、誤會？」夏春秋轉過頭看向歐陽明，滿臉困惑，同時注意到對方身後還跟著一個人。

「啥鬼？」左易站起身，不悅地瞪了一眼過去。

此刻的歐陽明就像是中了樂透一樣，嘴巴咧得開開的，一雙細小的眼瞇到幾乎快要變成一條線。他側過身，讓後方人影露出。

那是一名打扮簡單的女孩，清秀的臉上有些許雀斑，約莫二十歲，一頭褐色長髮綁了起來。此刻她正興致盎然地注視著田裡的幾個高中生，當視線掃過左易與左容時，眼底滑過一抹驚艷。

「我跟你們說，這位是曉芬姊，以前我們常常一起玩。」歐陽明笑嘻嘻地介紹，「昨天的行燈夜，左易看見的其實是她啦！」

聽見這句話，左易的眼頓時危險地瞇了起來，盤踞在眼角的不馴越加濃厚。

「歐陽，你講清楚一點啦！」花忍冬催促道。

「我來替阿明講好了。」

女孩朝田裡幾人點點頭，打個招呼，隨即笑咪咪地開口。

「先自我介紹一下，我是黃曉芬，你們叫我曉芬姊就可以了。昨天的行燈夜我有幫忙提燈；經過巷子的時候，剛好看到阿明家的燈還亮著，就往那邊看了看，結果看見好幾個人站在窗前，應該就是你們幾個吧。」

聽到這裡，花忍冬、夏春秋頓時鬆了口氣，左易的臉上卻是飛快閃過一抹古怪表情。

他沒有說出口，昨晚他在窗外看到的並非如黃曉芬這般年輕的女性，而是一名神色憔悴的中年女子。

但既然夏蘿沒有大礙，他也就懶得將這件事說出來製造恐慌。

「幸、幸好只是誤會。」夏春秋撓撓臉頰，露出安心的笑容，所有的鬱悶全一掃而空。

「呼，沒事就好、沒事就好。」花忍冬拍拍胸口，心中的一塊大石頭總算落了地。

「沒事？」葉心恬陰惻惻地瞪向花忍冬，那雙明媚的美眸帶著殺氣。

就在方才，林綾已經把事情的前因後果都告訴她，身爲最後一個知情者，她非常非常不高興。

「發生這麼大的事，你竟然沒跟我說？」

「就說是誤會了啊。」花忍冬陪著笑臉，「而且告訴妳的話，妳一定會氣到不行。」

「我現在就氣到不行了！」葉心恬捏著粉拳，「如果不是誤會，不就會有那個東西出現在房子裡了？你是想讓宿舍的事情重演嗎？」

葉心恬口中的宿舍事件，就是因爲花忍冬打破窗戶，讓原本固守宿舍、防範不好東西入侵的結界破裂，造成鬧鬼。

「冤枉啊，這次可不是人家的錯。」花忍冬苦笑地喊冤。

「不然是誰的錯？」葉心恬步步逼近，小巧下巴高高揚起，氣呼呼地質問。

雖然昨天那場誤會起源自左易的一句話，不過花忍冬當然不可能說是左易的錯。那看似漫不經心扎過來的狠厲視線，讓他體會到什麼叫作眼刀子。

站在一旁觀看的林綾聳聳肩膀，露出一抹「自求多福」的微笑，隨後腳跟一旋，朝著黃曉芬走了過去。

「妳好，曉芬姊。」林綾摘下草帽，溫和地向她提出邀請，「要跟我們一起焢窯嗎？」

「我是很想啦，不過待會要去幫我爸整理文件。」黃曉芬攤了攤手，狀似無奈地說道，然而她的視線卻總是不經意朝左易飄過去。

「曉芬姊的父親是我們派出所的所長。」歐陽明笑呵呵地補充，「幸好我回家拿東西的時候剛好遇到她，不然我和小夏他們一定會被昨天的事影響心情，這樣焢窯就不好玩了。」

「那為了表示謝意，阿明你要記得拿幾條地瓜給我和老爸喔。」黃曉芬拍了拍歐陽明的肩膀，直爽地笑了幾聲，隨即又朝林綾等人揮揮手，「我先走囉，你們幾個好好玩。」

「曉芬姊再見。」林綾恬淡一笑，輕輕頷首。

「掰掰囉，曉芬姊。」歐陽明一邊揮手，一邊從田梗上跳下來，看向已經開始掘土的花忍冬。

誤會揭開，現在心情正輕鬆的他做起事來自然有效率得多，沒一會兒，地上就堆滿了他用鋤頭掘出來的土塊。

左容、左易、夏春秋則在不遠處，將那些土塊一個個疊起來，不時還弄點水，讓土塊排得更緊密。而夏蘿似乎是被左易勒令不可以亂動，所以只能蹲在地上，托著臉頰觀看。

至於葉心恬，剛剛追打花忍冬追到累，現在正坐在鋪著報紙的地上喘氣，汗珠一滴滴從額際滑下，那雙明媚的眼眸還不時朝花忍冬遞去幾記抱怨的眼神。

看著看著，歐陽明突然發現少了一個人，「若若呢？怎麼沒看到人？」

「之前看到小蘿跟她玩在一起。」林綾一邊回想，一邊往四處探看。

由於田裡堆放著一蓬蓬稻草堆，歐陽若那小小的身子很容易就被遮住，一時之間難以發現她的蹤跡。

「小蘿，妳知道若若去哪裡了嗎？」歐陽明揚高聲音喊道。

夏蘿先是一愣，隨即發出輕輕的單音節，邁開短短的腿，朝原本和歐陽若玩耍的地方跑過去，但左右看了看，卻沒有看到人影。

她困惑地抿著小嘴，眉毛皺了起來，又朝田的另一邊走去；擔心她迷路的歐陽明連忙尾隨其後。

注意到那邊的動靜，夏春秋等人也紛紛放下手裡的工作，匆匆跟了上去。葉心恬雖然嘴裡抱怨著天氣好熱，但還是撐起身子，在林綾的陪同下去看個究竟。

一群人穿梭在稻草堆間，走了一段時間之後，最前方的夏蘿率先看見站在不遠處的嬌小身影，那頭蓬鬆的短鬈髮和小洋裝讓她認出了對方的身分。

「若若。」夏蘿輕輕呼喚一聲，又走近幾步。

但歐陽若卻恍若未聞，只是仰著頭，像是在注視著什麼。

夏蘿注意到，在歐陽若前方豎著一個稻草人，大大的尖頂帽，破布做成的衣服，從袖口及衣襬露出了黃色的乾稻草。

然後，夏蘿看見稻草人身上似乎還掛著什麼，她忍不住又往前一步。

腐敗的酸味伴著一股鐵鏽味迎面撲來。

夏蘿怔怔地瞪大眼睛，嘴唇顫抖著，斷續的音節卡在喉嚨裡，發出了嘶氣聲。

深黑的眼底，映入了破碎的肉塊及斑駁暗紅，被撕扯成兩半的腸子甚至還垂掛在稻草人的手臂上，幾隻鳥停在上面，一下下地啄著那些肉渣。

「小蘿！」夏春秋一個箭步上前，緊緊捂住夏蘿的眼睛。

「若若！」幾乎同時和夏春秋衝出去的是歐陽明，他用力拽住妹妹的手臂，一把將人拉離那個散發腐臭味的稻草人。

花忍冬傻在原地，他嘴唇動了動，只覺得胃在翻滾，乾嘔的感覺不斷攀升至喉嚨。

左容、左易一看清楚稻草人的可怖模樣，一人立即迅速擋在夏春秋前面，一人則是鐵青著臉色，警戒地搜索起周圍。

晚一步追過來的葉心恬駭然地瞠大眼睛，無法自制的尖叫聲瞬時溢出喉嚨。

「警察，快點叫警察來！」林綾回過頭，向因爲不明所以而愣愣地站在田梗上的村人喊道，高亢的聲音讓人聯想到繃緊的弓弦。

村人朝尖叫發出的地方望去，隨即看見稻草人身上掛著不屬於它的肉塊，頓時慌慌張張地邁開雙腿，沿路跑、沿路叫喊。

派出所的警察很快就來了，而飽受驚嚇的夏春秋一行人則是被村人帶回歐陽家，讓開門迎接的歐陽佐照顧。

髮色斑白的歐陽佐將一群大孩子領至客廳，替他們倒了熱茶，也不說什麼，讓他們有時間平復紊亂的心情。

「阿公、阿公……」歐陽若甩掉腳上的小熊拖鞋，爬上歐陽佐所坐的太師椅，一張小臉被淚花沾成了花貓樣，抽抽搭搭地哭，不時吸幾下鼻子，「若若討厭那個，討厭！」

「好，好，若若乖。」歐陽佐輕拍了拍孫女的背，一聲一聲哄著。

已回過神來的歐陽明哆嗦著捧起茶杯，喝下一口熱茶，然後吐出一口悶在胸中的濁氣，手指的抖動才不再那麼厲害。

夏春秋一手拍著夏蘿的背，一手端著茶杯，動作輕緩地餵妹妹喝茶。方才的畫面還留在腦海裡，沒法馬上褪去，只要一想起垂掛在稻草人身上的暗紅碎肉等物，反胃感讓他的臉色微微發白。

「沒事吧，春秋？」左容遞來一記關懷的眼神，那雙細長的眼睛剔透平靜，卻不冰冷。

夏春秋搖搖頭，表示自己沒事。

左易捧著茶杯，垂下長長的睫毛，像是盯著杯子裡的褐色液體發呆，然而眼角餘光卻是隨時注意著夏蘿的一舉一動。

另一邊的林綾則是低聲安撫著葉心恬，對於自小飽受寵愛的葉心恬，發生在田裡的事帶來的衝擊太強了，當下除了尖叫還是尖叫，林綾費了好一番力氣，才讓她勉強冷靜下來。

現在客廳裡最鎮靜的，除了林綾之外，就是花忍冬了。那張秀氣的臉孔已經不見驚慌，微微上挑的狐狸眼默默打量著眾人，最後視線又回到林綾身上。

歐陽若的抽咽聲還沒停止，左易雖然覺得心煩氣躁，眉頭已緊緊皺在一塊，但還沒有猖狂到說出「閉嘴」兩字，而挽救他聽覺神經的，是歐陽佐帶了點無奈味道的一句話。

「我先帶若若上樓吧，如果等下有誰上門，阿明你就負責招呼一下。」

歐陽佐牽起歐陽若的小手，佝僂著背，踏上樓梯的腳步顯得有絲蹣跚。

目送爺爺和妹妹的身影消失在樓梯口後，歐陽明輕輕呼出一口氣，環視眾人一圈，發現大家不是面無表情，就是神色凝重。他搔了搔頭髮，從外套裡拿出一包咖啡糖，將封口拆開，然後一個個遞出去。

「來，小蘿，這個給妳。吃一點甜的東西，心情會比較輕鬆。」

「歐陽，你的零食也太多了吧？」花忍冬有些吃驚地看著同學的外套，「你是藏在哪裡啊？該不會你的外套是四次元口袋吧？」

「我的外套很正常啦，花花。」歐陽明將外套脫下來甩了甩，除了剛剛拿出的咖啡糖之外，又掉下一包金莎巧克力、草莓軟糖、蜂蜜檸檬口味的口香糖、數支棒棒糖、幾包迷你王子麵，嘩啦啦的聲音頓時打散了客廳裡的沉悶氣氛。

「好、好多啊。」夏春秋看得目瞪口呆，忍不住上上下下打量起歐陽明，好奇他是如何藏了那麼多零食在外套裡。

就連縮著肩膀、面容有些蒼白的葉心恬，在看到這些零食後，也愣愣地張著嘴，一雙美眸眨了又眨，眨了又眨，最後乾脆一把搶過歐陽明的外套研究起來。

花忍冬也不禁湊過頭，兩人幾乎將外套裡裡外外翻了個遍，只差沒拆下口袋和內裡。

就在這時，門外突然響起規律的叮咚聲，坐得最近的左易眉一挑，就要站起來開門，卻被歐陽明阻止。

「左易，我來開就好了。」他匆匆跑向大門，轉開把手，從門縫裡看到一張忠厚老實的臉孔。

「所長好。」一看見訪客是派出所的黃所長，歐陽明連忙拉開門、側過身體，準備讓人進來。

不過黃所長卻只是搖搖手，大略掃視客廳一圈，接著又將目光放到歐陽明身上。

「阿明啊，我只是來跟你們說一下，我們剛剛搬動稻草人的時候，發現有些肉塊上黏著一些黑白皮毛，而且在不遠處，我們又發現了……」黃所長忽然將音量壓低，拊在歐陽明耳邊說道，「被弄斷的狗頭，那是俊良老師家的狗。」

一開始聽到狗頭的消息，歐陽明一驚，呼吸忍不住急促了幾下。但聽到後半段的陌生名字，他頓時露出了困惑的表情。

「俊良老師？」

「就是你住校期間，新搬來那戶人家的丈夫，他之前是高中老師。昨天的行燈之夜就是替他太太辦的……」

黃所長說得有些隱諱，但歐陽明自然知道這句話的意思。

「唉，普通人根本無法徒手撕裂一隻狗，我們在猜……是不是有熊從後山跑下來。你也知道，那座山太大了，藏有什麼動物都不稀奇。我們會跟守望相助隊合作，一起加強巡邏。這幾天你們就不要跑太遠，晚上也不要隨便出去亂晃。」又瞧了坐在客廳的幾個孩子一眼，黃所長低聲叮嚀。

歐陽明點點頭，向對方說了聲再見後，關上門，往回走的步伐透出沉重。

「怎麼了，歐陽？」花忍冬察覺出不對勁。

歐陽明沒有先回答這問題，反而看向夏春秋，更正確一點來說，是看向他懷裡的夏蘿。

「小夏，你要不要先帶小蘿上去休息？」

「啊，好。」夏春秋意識到什麼，將夏蘿捧在手裡的杯子放到茶几上，接著牽起妹妹小小的手，在得到歐陽明遞來的「晚點告訴你」的眼神之後，跟其他人點點頭，領著夏蘿走上樓梯。

當兩人離開客廳，歐陽明才緩緩說道。

「聽黃所長說……」

三樓房裡，夏春秋替躺在床上的妹妹蓋上棉被，手掌覆在她的額頭上，輕聲哄著。或許是他的聲音太溫柔，也或許是真的嚇壞了，心理壓力導致了疲累，夏蘿很快就睡著了。

夏春秋正準備起身，忽然聽見外頭響起啪噠啪噠的腳步聲，且越來越近，最後停在他與夏蘿的房門外。

一張小臉蛋往房裡探了進來，蘋果般紅潤的臉頰雖然還帶著一點淚花，不過那雙大眼睛已不再流淚，此刻正睜得大大地看向夏春秋。

「小蘿在睡覺嗎？」歐陽若偏頭問道，小手抓著一個紙袋，另一隻手則不時從袋裡掏出東西放進嘴巴。

從夏春秋的角度看去，應該是花生米吧，看歐陽若喀滋喀滋地咬著，讓他想起小小隻的黃金鼠吃食物的樣子，很是可愛。

「噓，小聲一點喔。」面對這個和自己妹妹差不多年齡的小女孩，夏春秋總會不自覺親切幾分。

歐陽若連忙豎起食指，放到嘴唇前，做出一個噤聲的動作，但隨即又躡著腳尖來到床邊，探看了下夏蘿蒼白的睡顏。

「我們先出去吧。」夏春秋伸出手，顯然是想要牽著她離開。

歐陽若連忙將抓在手裡的東西丟進嘴巴，然後往衣服上擦了擦，這才握住夏春秋的手。

直到離開房間、來到走廊，夏春秋才恢復正常的說話音量，不再特意將聲音壓成氣聲。

「若若，妳怎麼不待在房裡休息呢？剛剛的事一定嚇到妳了。」夏春秋關心地問，他還記得歐陽若縮在阿公懷裡哽咽的模樣。

「若若不怕，若若只是討厭那個東西而已。」歐陽若抓緊小紙袋，挺起胸膛說著。

「若若眞勇敢。」夏春秋忍不住誇獎。由於歐陽若年紀小，夏春秋自然而然將她視作妹妹看待，與她說話的時候也鮮少出現結巴的情形。

「既然小蘿在休息，那大哥哥要陪若若嗎？」歐陽若期待地揚起小臉，圓亮的眼睛眨巴著。

夏春秋笑著搖搖頭，說道，「不了，我得去樓下，妳哥哥有事要跟我說。」

「什麼嘛，臭哥哥，每次都要跟若若搶。」歐陽若鬧彆扭似地噘起嘴巴，腮幫子也鼓了起來，她看了夏春秋一眼，又看向已經被帶上門的房間一眼，隨即跺跺腳，氣呼呼地跑掉了。

看著那道負氣離去的小小背影，夏春秋不禁失笑。難怪歐陽明在提到他妹妹的時候，總會嘆著氣搖搖頭，一臉莫可奈何的神色。

或許是受到寵愛的關係，歐陽若顯得有些任性，但這些小性子在夏春秋眼裡看來卻不覺得討厭。小女生嘛，總是會鬧點小脾氣的。

夏春秋輕笑著搖搖頭，邁步往樓梯口走去，他還沒有忘記歐陽明等人在樓下等著自己。

第四章

自從發生稻草人事件之後，派出所與守望相助隊合作，每隔一段時間就會上街巡視，同時也叮囑村人不要在晚上外出。但經過這一、兩天的巡邏，什麼事也沒發生。

反倒是歐陽家常常叫外送的小餐館，因爲出國旅遊而暫停營業，讓幾個大孩子在吃了歐陽佐一頓失敗的蛋炒飯之後，決定派出代表上街買菜。

今天被推派出去的是歐陽明和夏春秋，兩人下午來到熱鬧的中央街上，按照葉心恬開出來的菜單，補齊所需食材，而歐陽明也趁機買了一些零食。

兩人一邊閒聊一邊在街上悠閒逛著，不時和路過的村人打招呼，身邊圍繞的除了小孩的嬉笑聲，還有家庭主婦的交談聲，以及菜販的吆喝聲，這些聲音此起彼落，形成熱鬧純樸的旋律。

夏春秋喜歡紅葉村安詳悠然的氣氛，而且歐陽明在村子裡很吃得開，只要到店裡買東西，店家一定會多送幾樣，或是打個折扣。

就在兩人經過一棟二層樓建築時，忽然聽見上方傳來嘰嘰喳喳的爭吵聲，屬於小孩子的聲音從二樓窗戶透了出來，夏春秋反射性就想抬頭。

就在這瞬間，一顆皮球忽然從窗戶裡飛了出來，呈拋物線落下，先是砸到夏春秋頭上，接著反彈砸向歐陽明，最後才咚一聲落地。

這從天而降的災難讓夏春秋愣了下，只能呆呆按著頭，看向那棟房子的二樓窗戶。

窗戶裡忽地探出兩張小臉，那是兩個長得一模一樣的男孩子。圓圓的臉、大大的眼睛、鼻頭上有些許雀斑，不過兩人看起來都有些狼狽，剛剛應該發生過爭執。

左邊的男孩看到夏春秋捂著頭站在窗戶下，臉上頓時露出「糟糕了」的表情。

「打到人了啦，一安，都是你的錯！」

「明明就是一飛的錯！」右邊的小男孩氣呼呼說道，但他眼神也有些擔心地看著下邊，「都怪你把球扔出去！」

「如果不是你跟我搶，我才不會一時手滑呢！」左邊的小男孩不甘示弱地反擊。

「好了好了，一安、一飛，你們都不要吵了。」歐陽明嘆了口氣，拉高聲音喊著。

看到歐陽明，兩名小男孩反倒露出吃驚的表情，眼睛都瞪得圓滾滾的。

「歐陽哥哥，你什麼時候回來了？」

「笨一飛，之前爸爸就有提過歐陽哥哥回來了，你是都沒在聽喔？」

「那一安你就知道歐陽哥哥身邊站的是誰喔？」

眼見兩人又要吵起來，歐陽明乾脆撿起皮球，舉高兩手，對著上頭大聲喊道：「你們再吵下去，球就不還你們了。」

兩個長相一樣的小男孩立即乖乖閉嘴。

「先跟我朋友道歉，你們的球剛剛砸到他了。」歐陽明正色說道，頗有兩人不道歉就把球丟掉的意思。

「……對不起。」兩道聲音同時交疊在一塊，形成了雙聲道的感覺。

「這才乖。」歐陽明向前走了幾步，將皮球放到房子門口，然後又退回到從窗子可以看到的位置，說道，「我把球放你們家門口了，自己下來拿。」

渾然不理會樓上兩個小男孩嘀嘀咕咕說著「眞小氣，走上來一下會死喔」、「那麼久沒碰面，幹嘛不陪我們玩」的抱怨，歐陽明與夏春秋邁開腳步，一邊聊天，一邊朝回家的方向前進。

不過歐陽明今天的運氣可能有點不好，才剛剛被皮球砸到頭，沒走幾步，又被一個低著頭的小女生撞上了。

歐陽明沒有什麼事，反倒是紮著兩條麻花辮的小女孩被彈了出去，一屁股坐在地上。

一看清楚小女孩的臉，歐陽明連忙不好意思地走向前，頻頻道歉，同時伸出手想要將她拉起來，「寧寧妳還好吧？有沒有事？不好意思，我不是故意撞到妳的。」

「不是哥哥的錯，是我沒有看路。」小女孩紅著臉，在歐陽明的幫助下站了起來，她拍拍裙子上的灰塵，又急急忙忙說了好幾聲對不起，然後拋下一句「我要去幫媽媽買糖」，就匆匆離開了。

「今天走路得好好看路了。」歐陽明憨憨地笑著，「人家說有一就有二，有二就有三，無三不成——」

最後一個「禮」字才準備吐出，一道高瘦身影便搖搖晃晃地朝著他們靠近，虛浮的腳步像是失去平衡，砰的一聲，撞向了歐陽明與夏春秋。

幸好歐陽明噸位重，那個高瘦的人沒把他們撞倒，反而狼狽地跌坐在地。

街上看到這一幕的村人不禁發出笑聲，有個中年男人邊笑邊走上前，幫忙扶起那個高瘦身影，不過在看到對方的臉時，笑意頓時褪去，關切地問了幾句。

「俊良老師，你還好吧？你太太的事……請你節哀，身體還是要顧好比較要緊。」

高瘦身影對著那名中年男人點了點頭，謝謝他的關心，又將視線轉向被他撞到的兩名少年。

這個時候，歐陽明與夏春秋才看清楚對方的樣貌。那是一個高高瘦瘦的男人，一頭蓬鬆亂翹的頭髮，臉孔削瘦，下巴還帶著鬍碴，眼睛底下則有著淡淡的黑眼圈。

男人精神看起來不太好，也難怪剛才走路搖搖晃晃，一時失衡撞上了歐陽明。

聽到「俊良老師」這四個字，歐陽明才恍然大悟——對方是他入住綠野高中宿舍期間，搬進紅葉村的新住戶。

高瘦男人搔搔下巴，向歐陽明和夏春秋露出了不好意思的表情。

「抱歉抱歉，不小心撞到你們了。」

「哈哈，沒關係啦。」歐陽明笑嘻嘻地擺擺手，完全不在意。

夏春秋也頻頻點頭，要對方不要放在心上，看見他的蒼白臉色，掩不住擔心地開口，「老、老師，你要不要回家休息一下？你的臉色看起來不、不太好……」

因為一時不知該如何稱呼對方，他便隨著剛剛的中年男人這樣叫了。

「不行不行，剛剛都是我不好，走路沒看路。為了表達我的歉意，我請你們吃點心吧。」高瘦男人堅持，隨即又像是想到什麼，眼裡流露出一絲恍然，「啊，該不會你們有急事要辦吧？」

「也、也不能算是急事。」夏春秋下意識瞄向手裡提著的塑膠袋。

高瘦男人注意到這個小動作，會意地開口，「是晚餐的材料嗎？那去我家暫時坐一下應該沒關係吧。如果不能讓我表達歉意，我會很過意不去的。」

「歐陽你覺得呢？」夏春秋不知所措地看向身旁，卻發現歐陽明一臉嚮往的表情，估計是被「點心」兩字打動了。

「小夏，我們就去坐一下嘛，反正林綾她們那邊不急，只要六點前回家就好了。」

於是，在高瘦男人熱切的邀請下、歐陽明滿懷期待的注視下，夏春秋最後只能妥協。

三人邊走邊聊，夏春秋才知道高瘦男人的全名——許俊良——村人都習慣稱他為俊良老師。他原本在某所高中任教，由於妻子身體不佳，才決定辭去教職，搬到山明水秀的紅葉村。

不幸的是，在紅葉村住沒多久，妻子便因病情惡化而去世，之前夏春秋他們所看到的行燈之夜，就是她的葬禮。

許俊良家是一棟牆上攀滿了九重葛的兩層樓房子。或許是因為吸收了大量陽光，層層疊疊的九重葛顯得很是艷紅，讓夏春秋看得目不轉睛。

至於在紅葉村土生土長的歐陽明，看見這棟建築物後，了然地點點頭，「原來老師你買下了黃所長他們的房子啊，這間他們蓋了很久，一直沒人買。」

「不是買的，我是跟黃所長租的。」許俊良苦笑著說，「我太太很喜歡這裡的九重葛，還特地養了狗……原本想等她病情穩定下來，我再買下房子，誰知道她走得早，連狗都被殘忍虐殺……」

不小心將話題導向沉重方向，歐陽明頓時噎了下，急忙推了推夏春秋，要他幫忙救場。

「老、老師，進去要不要脫鞋？」夏春秋左想右想，最後只能笨拙地擠出這個詢問。

「不用不用，直接穿著鞋子就可以了。」許俊良微笑說道，他從口袋裡掏出鑰匙，對準鎖孔插進去，喀的一聲將門打開，頓時現出桌椅都堆滿書籍的客廳。

「不好意思，客廳有點亂。」許俊良撓著頭髮，尷尬說道，急急忙忙走到茶几前將一堆書先移開，清出一塊桌面。

「先坐下，我去廚房拿飲料給你們。要喝什麼？紅茶、綠茶還是果汁？」

「我想要果汁！」歐陽明舉手說道，他已經替自己找了個位子坐下，那雙瞇瞇眼透出興高采烈的情緒，顯然非常期待點心。

「那……請給、給我紅茶。」夏春秋緊張地開口。和歐陽明的輕鬆自若不同，他正襟危坐，一雙眼睛不敢亂瞄，只是僵硬地盯著桌面上的東西。

但看著看著，忽然發出「咦」的一聲，桌面上的書籍幾乎都與喪葬習俗有關，有幾本的書皮上則標明了「紅葉村地方志」。夏春秋掩不住好奇，想要偷偷翻開書本的其中一角。

許俊良恰好從廚房端著飲料和小蛋糕出來，看到夏春秋的動作，便笑著說道，「那是我做研究用到的參考資料。」

夏春秋手一僵，臉頰像火在燒，有種做壞事被當場抓到的感覺。

「有興趣的話，你可以拿去看，紅葉村的歷史還挺有趣的，我一直很想知道究竟是誰建立了紅葉村，還有村人爲什麼一定要被埋葬在森林裡。」許俊良一邊將托盤放到桌上，一邊說道。

不過夏春秋還是不好意思將書本拿起來翻閱，只靦腆地笑了笑，接過紅茶和蛋糕。

比起夏春秋的拘謹，歐陽明倒是吃得眉開眼笑，嘴裡還有東西就迫不及待地開口說道：「老蘇，這個你扣以問偶。」

「歐陽，吃完再說話。」夏春秋用手肘輕撞了歐陽明一下，「會聽不懂你在講什麼。」

「喔、喔！」歐陽明含糊應了兩聲，三兩下吞下嘴裡的食物，正準備提起剛才的話題，電鈴忽然響了起來。

「不好意思啊，等我一下。」許俊良向兩人歉意一笑，急急忙忙走到玄關將門打開。

村地方志
下

令人訝異的是，站在門口的訪客，歐陽明跟夏春秋都認識。更正確地說，歐陽明與對方極爲熟稔，而夏春秋則是有一面之緣。

「曉芬姊！」歐陽明笑嘻嘻地向對方招手，圓臉上堆滿笑意。

一身T恤、牛仔褲打扮的黃曉芬，原本正和許俊良低聲交談，聽見這聲呼喊，頓時訝異地抬起頭，「阿明，你怎麼會在這裡？」

不過比歐陽明回答快一步響起的，是許俊良的聲音。

「你們認識？」許俊良疑惑地看看兩人，最後又將視線停在黃曉芬身上。

「老師，他就是歐陽家的長孫歐陽明，我都叫他阿明，我們以前常常一起玩。」黃曉芬解釋道，「不過阿明爲什麼會在老師家？」最後她又將問題兜回原來的方向。

「我在街上不小心撞到他們了，就請他們吃個點心，當作賠禮。」許俊良尷尬地笑了笑，伸手撓撓他那亂翹的頭髮。

「那曉芬姊妳呢？」同樣好奇對方爲什麼會出現在這裡，歐陽明跟著問道。

「我媽叫我拿雞湯給俊良老師啦。」黃曉芬舉高手裡的保溫瓶，「她擔心俊良老師現在一個人住，飲食不健康。」

歐陽明會意地點點頭，不過隨即注意到，黃曉芬說完這句話後卻沒有轉身離開的打算，反而站在門口，低聲與許俊良說著什麼。他歪頭想了想，得出了兩人有事要談的結論。

「小夏、小夏。」歐陽明扯了下夏春秋的衣角，原本將注意力放在那些厚重書籍的夏春秋反射性一震，慌慌張張地抬頭。

「什、什麼事？」

看見歐陽明比向那兩人，夏春秋立刻領會到這個小動作的含意。

「要走、走了嗎？」夏春秋小小聲地與歐陽明咬耳朵，他的飲料和點心都吃完了，現在要走正是時候。

歐陽明先是點點頭，然後圓圓的臉堆起笑容，站起身子，對許俊良說道，「老師，我們先回去了喔，我同學還在等著晚餐的材料。如果太晚回去，我會被罵的。」

「但是……你們才剛來沒多久。」許俊良試著挽留兩人，「真的不再坐一下嗎？」

「老師不用在意啦。」歐陽明笑呵呵地搖著手，「蛋糕很好吃喔，謝謝老師的招待，那我們先走一步了。」

向許俊良與黃曉芬說了聲再見後，歐陽明便與夏春秋一前一後走出大門，完全沒注意到許俊良在他們擦身經過時，那抹若有所思的眼神。

回到歐陽家的西式洋房後，歐陽明非常開心地向大家炫耀他們剛剛吃了免費的蛋糕跟飲料，立刻換來葉心恬與花忍冬的抗議。

他們兩個今天負責掌廚，原以爲可以提早準備晚餐，沒想到採買的兩人卻跑去吃蛋糕。不過因爲左容剛好坐在客廳裡翻雜誌，葉心恬和花忍冬自然將攻擊火力對準歐陽明。

「死歐陽，竟然敢向人家炫耀，蛋糕了不起喔？果汁了不起喔？再吃下去，小心你的體重會爆表。」花忍冬一邊說一邊戳著歐陽明肚子上的三層肉，嘴裡嘖嘖有聲，那雙似笑非笑的狐狸眼不懷好意地瞇起，「爲了避免你年紀輕輕就有三高，你今天的晚餐就吃水煮高麗菜吧。」

「什麼三高？」原本也指著歐陽明鼻子叨唸的葉心恬聽到這句話，挑高精緻的柳眉，「學歷高，收入高，身材高？」

「錯，是高血壓、高血糖、高血脂！」花忍冬不客氣地說道。

歐陽明一臉委屈，圓胖的臉孔差點要皺成一團了。

夏春秋見到他投來的求救眼神，只能尷尬地刮刮臉頰，拋下一句「我去找小蘿」，就忙不迭落荒而逃了。

「小夏，你太沒義氣了啦！」歐陽明急得跳腳，但才喊了這麼一句，又被花忍冬揪住領子，惡狠狠地訓上一頓。

聽著歐陽明哀叫著「花花，小力一點，會被勒死啦」，夏春秋很是心虛。

「下次買些零食補償歐陽好了。」他歉意地抿了抿嘴唇，在心底這麼想道。

經過左易房間時，發現房門半掩著，夏春秋忍不住偷偷瞄了一眼，卻看見床鋪上坐著一大一小兩道身影。

兩人共同分享著耳機，膝蓋上還各自攤著一本書，不過似乎是看書看到累了，較小的那個已經斜斜地靠在隔壁人的胸膛上，眼睛閉闔著，小小的胸脯微微起伏；而較大的那個身影同樣閉著眼睛，長長的睫毛在眼下形成一道陰影，他的下巴剛好抵在小身影的頭頂上。

妹妹的睡顏讓夏春秋忍不住微微一笑，怕樓下的聲音驚擾到睡著的兩人，他輕手輕腳地帶上門板，不發出一絲聲音地離開。

站在走廊上發了一會兒呆，夏春秋思考著現在要做什麼事才好。

花忍冬與葉心恬在廚房，歐陽明估計也被抓進去幫忙了；左容在客廳看雜誌，林綾到現在都還沒看到……

「該不會在書房吧？」夏春秋喃喃說道，隨即往走廊盡頭的書房走去。

書房門同樣半掩著，夏春秋輕輕將它推開一些，一座座井然有序的書櫃頓時映入眼底。

另一邊放置電腦的桌子前，則坐了一抹纖細的白色身影。

「林綾。」夏春秋輕聲喚道。

桌前少女抬起頭，撩起垂在頰邊的髮絲，露出了如玉般的光滑側面，以及帶著知性美的深黑眼眸。

「小夏，你們今天好像回來得比較晚？」林綾唇邊揚起一抹笑，她將椅子轉了過來，和夏春秋面對面。

「嗯嗯，我、我們在路上遇到一位老師，他請我們去他家喝茶。」夏春秋撓撓頭髮，有點難爲情地說道。

「老師？」

林綾看起來有點困惑，於是夏春秋便將路上發生的事複述一遍，還提到了許俊良的研究資料。

「紅葉村的歷史，喪葬習俗？」林綾輕輕重複這幾個字，拿起桌面上的書，「跟我看的這本倒有點類似。」

「林綾，妳看的是？」夏春秋好奇地往前走幾步，接過那本褐色封皮的書，小心翼翼地翻起。由於內頁已泛黃一大片，所以他的動作極爲輕巧，不敢太大力。

「雖然不是正統歷史，只是一本添加了想像力的小說，不過裡面也提到紅葉村的早期發展與行燈夜的故事。」林綾雙手交疊在大腿上，婉轉的嗓音如水流般蕩漾在書房裡。

「行燈夜？」夏春秋停下翻閱，抬起頭看著林綾秀美的臉孔。

「聽說，紅葉村裡曾有怪物出沒。」林綾輕聲說道，彷彿沒注意到夏春秋吃驚的表情，「那是一種喜歡吃屍體的怪物，會挖開墳將埋在裡面的屍體吃掉。為了阻止死者的遺體被褻瀆，村子便決定以後在出殯之日，由村人們一起提燈護送。提燈籠是為了警告怪物，說這裡有人顧守，禁止靠近……不過有沒有起到警告意味，就只有天知道了。」

「故事內容很簡單，主角想要抓到怪物，解決村人的困擾。他仗著怪物只吃屍體，便趁夜潛進墓園，將其中一具棺木裡的屍體搬出，自己躺了進去……」

「那，怪物有被殺死嗎？」夏春秋緊張地吞了吞口水。

「嗯，被殺死了。」林綾微微一笑，「畢竟是小說，總會給人一個快樂結局。」

不知道是不是自己的錯覺，夏春秋注意到林綾在說出「快樂結局」這四個字的時候，那雙似水的眼眸深深沉沉，滑過了一抹不以為然。

鬼使神差之下，夏春秋忍不住問道，「那林綾，如果是妳寫的話，妳會安排什、什麼樣的結局？」

聽見這句話，林綾怔了一下，隨即掩嘴低低笑了起來，白皙的臉頰透出一點紅潤。

「我嘛，」她沉靜說道，「就會安排主角被吃掉。」

「可是怪物不是只吃屍體嗎？」夏春秋提出了疑問，「吃掉主角會不會不合常理？」

「小夏，這個世界上沒有所謂的常理存在。」林綾推了下眼鏡，鏡片後的美眸閃爍著盈盈笑意，「吃屍體的怪物也是可以進化的。」

第五章

牆壁上攀爬著九重葛的建築物，正被一片嚴肅的氣氛包圍，堆滿書籍的客廳裡分別坐著許俊良與黃曉芬。

雖然許俊良表情疲憊，削瘦的下巴帶著未刮乾淨的鬍碴，但那雙黑眼圈極重的眼睛卻滲出執著。

「曉芬，這是最後一次了，拜託妳再幫我這一次就好。」許俊良雙手交握，置在膝蓋上，每根手指頭都繃得緊緊的，像是下一秒就會扳斷。

「可是老師……」黃曉芬表情有些爲難，那張有著淡淡雀斑的臉孔微微轉向另一邊堆得高高的書籍上，「你眞的覺得書上的資料可信嗎？我已經躲在那邊好幾個晚上了，仍舊什麼東西都沒看到。」

「不，我有預感它一定會出現，所以拜託妳再幫我去一趟。」許俊良不死心地遊說，「今天晚上，只要今天晚上就好！」

「如果今晚沒出現……」黃曉芬最後還是將視線移了回來，有些擔憂地問，「老師你的

論文要怎麼辦？」

「如果不出現，那我等於是白費工夫了。」許俊良露出苦笑，眼底的疲勞像是一瞬間全湧了出來，「交件時間快到了，我的未來就全部寄望在它身上了。」

黃曉芬絞著手指，猶豫地抿了抿嘴，最後像是下定決心般抬起頭，那束紮在腦後的馬尾因為這個動作而晃動，「好，老師，我再幫你這一次。不管有沒有看到那個東西出現，不管你的論文能不能完成，約定好的錢你一定要全部給我。」

「這是當然。」許俊良鬆了一口氣，「不過曉芬，妳拿到那筆錢之後有什麼打算？」

「當然是離開村子，到城市生活。」黃曉芬輕晃了晃那條褐色馬尾，語氣堅定地說道，「我才不想在村子裡待一輩子。」

「那麼，今天晚上就拜託妳了。」許俊良低下頭，鄭重其事地央求。

黃曉芬擺擺手，拎著小提包從椅子上站起來，「沒事的話，我就先回去了。一直跑到老師家裡，就算用替我媽送東西當藉口，也是會引起別人懷疑的。」

「嗯，路上小心。」許俊良也跟著站起身，走在黃曉芬身後，送她到大門口。直到纖細的背影消失在視線範圍，他才拖著緩慢的步伐走回屋子。

環視著雜亂不堪的客廳，許俊良耙耙凌亂的頭髮，露出疲累的表情，放棄打掃，改而走到電腦桌前開啓螢幕，臉書上的聊天室正亮著提示燈。

點開聊天視窗，許俊良坐了下來，十指開始靈巧地輸入訊息。

林綾：研究還順利嗎？

阿良：只差提出證明了，如果順利，這幾天就可以將論文交差。

林綾：那麼就先預祝你順利，希望不要出現任何意外。

阿良：謝謝，有好消息我會再告訴妳。

喀喀喀的鍵盤敲擊聲迴盪在客廳裡，許俊良眉毛緊鎖，他瞥了一眼窗外，夜更深了，距離午夜十二點還有五個多小時。

當樓下電視節目的喧鬧聲響突然化爲一片寂靜，蜷縮在被窩裡的黃曉芬同時睜開眼睛。她伸展手指，在黑暗中摸到放在枕邊的手機，泛起亮光的螢幕成爲被窩中的唯一光源。黃曉芬微眯著眼，她可以清楚看見手機螢幕上顯示的時間——十一點三十一分。

沒錯，母親已經看完電視節目。接下來，按照她的習慣，會先去刷牙，接著才走上樓梯，回自己房間睡覺。黃曉芬在腦海模擬著，耳朵也努力接收房外一切動靜。

由於她的房間就在樓梯口旁，所以可以輕易聽見樓下傳來的聲音。現在是廁所門被關上的聲音，然後是有人上樓的腳步聲。

室內拖鞋一下又一下地踩上樓梯，隨著腳步聲越漸接近，落在黃曉芬耳中的聲音，也越來越清晰。

終於，那陣腳步聲就在房門外。

可是沒想到，聲音突然停了下來、不再前進。下一秒，房門門把被轉動。

雖然看不見被子外的景象，但憑藉著細微的動靜，黃曉芬還是可以想像出，那是母親打開門探頭進來，查看自己是否睡了。

很快地，門板又被輕輕關上，室內拖鞋繼續踩上走廊地板，直到另一陣開門聲響起、門板關上，接著便聽不見任何聲音。

蜷縮在被窩中的黃曉芬吐出一大口氣，她掀開棉被坐起，身上穿的卻不是睡衣，反而是適合外出的輕便服裝。

短袖加上牛仔褲，就連襪子也穿得好好的。

「還好有先裝睡……」黃曉芬慶幸地拍拍胸口，要是母親查看時，自己還沒躺在床上，鐵定會招來一頓長長的叨唸，而且稍後的行動很可能會被延誤，「媽也眞是的……現在大學生晚睡是很正常的事，更不用說十一、二點其實還算早……」

當然，這話黃曉芬是絕不敢當面向母親提起的，畢竟紅葉村還是一個較保守的村落，許多習慣與都市不一樣。

尤其是前幾天發生了俊良老師家的狗被殺害的事件——據說是山上的熊跑下來——村裡住家幾乎十點一到便陸續熄了燈，路上不見人煙，僅剩路燈仍盡責地發亮。

黃曉芬一開始也擔憂自己半夜跑出去會不會遇到熊，但轉念一想，派出所和守望相助隊都巡邏了兩、三天，什麼事都沒發生，說不定那隻熊早躲回山裡，況且她對自己的腳程很有信心。

雖然已確定母親回到房內，父親今晚要留在派出所值勤，她還是靜靜在床上坐了好一會，等到手機上顯示的時間臨近十二點，才有所動作。

從枕頭底下摸出如筆細的手電筒，再將手機塞入牛仔褲後面的口袋，黃曉芬彎身，從床鋪底下拉出早已準備好的步鞋。

當所有預備工作全部完成後，紮著淺褐馬尾的清秀女孩躡手躡腳地走至房門前。她悄悄打開門，謹慎地左右張望一下，確定主臥室的門縫底下沒有傳出亮光，便反手將自己的房門無聲掩上，再無聲地踩下樓梯。

為免腳步聲過大，黃曉芬幾乎踮著腳尖走，她的每一步都走得小心翼翼，總算在沒有驚動母親的情況下，成功來到一樓樓梯口。

因爲沒開燈，一樓顯得黑漆漆的。黃曉芬打開手電筒，靠細微光線引路，沒有撞到任何家具地來到大門前。

她有些緊張地吸了一口氣，將微滲出汗的右手胡亂朝牛仔褲抹了抹，這才解開門鎖、扭開門把。

寂靜月夜下，她偷偷摸摸地從家裡溜了出來。隨即就像是早已計畫好，毫不猶豫地朝某個方向開始奔跑。

三更半夜的紅葉村，路上根本不見任何人跡，家家戶戶熄了燈，窗戶內皆是一片黑暗，路燈和天上的半月是僅存的光線來源。

四周靜謐得不可思議，連車聲也聽不見，彷彿這座小小村落徹底陷入沉睡。就連後山也融入夜色中，輪廓模糊，像是某種趴伏下來休眠的生物。

而在這樣萬籟俱寂的月夜裡，卻有一抹人影醒著，並且在路上大步奔跑。

那是從家裡偷溜出來的黃曉芬，她向通往郊外的西北方跑著。隨著與自家距離越拉越遠，周遭屋舍也跟著減少，路邊更早已不見路燈，徒留夜幕上的半月。

過不了多久，身邊再也不見房舍，延展在道路兩側的是一片平坦的曠野，黃曉芬這時才放慢腳步，從奔跑轉爲小跑步，再放緩成走路。

她一邊走，一邊大口喘氣。剛剛那番急跑，讓她的肺漲得有些難受，像是要爆炸一樣。好不容易呼吸和心跳稍微回復平穩，胸口也不再漲得難受，她從口袋掏出手機，熟練地按下一組號碼，再把手機貼近耳畔。

「我是曉芬，現在正往目的地過去……」

等對方「喂」了一聲，黃曉芬緊接著開口。

「眞是嚇死我了，沒想到我媽在睡前會來房間看我睡了沒……放心啦，這次也都沒被人發現……嗯嗯，我知道了，到森林時我會多注意一點……希望這次能像你說的一樣，順利發現到什麼……就先這樣了，有狀況我再通知你。」

黃曉芬切斷與對方的通訊，將手機收回口袋，繼續將心思放在前方道路。

她身爲土生土長的紅葉村人，自然知道這條路會通往何方。

它將筆直地貫穿前方的蓊鬱森林，然後和外邊一條更寬更廣的幹道做連結。不論村外或村內的人，都可以靠這條道路更方便地出入。

明明是這麼便利的路線，但眞正使用的人卻少之又少。白日就已沒什麼人經過了，到了夜晚更被一股死寂籠罩著。

黃曉芬很清楚這是爲什麼。

因爲森林裡豎立著無數墓碑，導致平素鮮少有人經過。換句話說，那座森林等同是一座變相的墓地。

這是紅葉村自古以來就傳承下來的習俗，當親人去世後，村民們會從自家一路抬著棺木走至森林裡，再將棺木下葬。

姑且不論將森林當成墓地的眞正原因，黃曉芬覺得那座森林裡，一定存在什麼古怪的「事」，這也是她接下許俊良的委託的原因——雖然大半是基於優渥的報酬。

只是到目前爲止，黃曉芬依舊一無所獲。

「希望俊良老師的預感不要出錯……」她喃喃地說。

如果觀察一直持續下去，恐怕有一天眞會被村民發現，到時候勢必會引發一場風波，畢竟他們查探的地點可是村裡的墓地。而自己身爲派出所所長的父親，在村中也不好做人。

注意到森林已近在眼前，黃曉芬握緊了手中的手電筒。她手指握得有些緊，掌心也隱隱滲出汗。

一會兒過後，她終於在森林入口前站定，深深地吸了一大口氣再吐出，像是在給自己勇氣。只是在胸腔內跳得比平常還要急促的心臟，卻洩露出她眞正的心情。

暗夜下的龐大森林被夜色吞去了外緣輪廓，它一動也不動地矗立著，將那條不算寬的路徑吞吃進去。過分濃密的枝葉遮擋月光映入，光是站在森林入口，便要令人產生是否會被林中黑暗給吞進去的錯覺。

黃曉芬忍不住吞嚥一口唾沫，按下手電筒開關，頓時射出筆直的淡黃光束，照亮不遠處的土地。

森林裡相當暗，同時也相當安靜，靜到黃曉芬幾乎都要懷疑世界上是不是僅剩她而已。雖然有手電筒的光線幫忙照亮路徑，但在光芒的映襯下，身周的黑暗反而顯得更加濃厚，帶給人強烈的陰森感。

黃曉芬一邊謹愼前進，一邊在心裡估算著距離。按照她現在的腳程，要到達墓地，約莫還要十分鐘。

十分鐘說長不算長，說短也不算短。如果在平常，不，如果是在這森林以外的任何地方，即使時間在深夜，黃曉芬也覺得十分鐘她一定能輕鬆撐過。

可現在是在等同於墓地的森林內，她又隻身一人，對還要走十分鐘這件事，忍不住感到焦躁。

隨著前進的步伐，手電筒光線不時輕微擺動。被照射到的樹幹、草叢、矮木，看起來都與白日不一樣，散發讓人不安的感覺。

突然間，一道聲音尖銳地刺入耳中。

黃曉芬心臟重重緊縮，嚇得差點要跳起來，不過她很快就意識到是自己沒注意，踩斷了路面上的一根枯枝。

緊閉的嘴唇隨之鬆開，她捂著胸口，放鬆地吐出一口氣。根本是自己嚇自己，她在心裡暗罵著自己的神經質。

但就在下一秒，鬆懈的神經瞬間又緊繃起來，黃曉芬的一顆心幾乎提到了嗓子眼。

又有聲音傳來，雖然一時聽不出是什麼，但她可以肯定，絕對不是自己又踩斷枯枝。

是森林中動物發出的嗎？或是……

第二個猜測使得黃曉芬心中湧起不安之外，還有一絲異常的興奮跟著竄上。

也許今天真的會有收穫！抱持著這樣的想法，她關掉了手電筒。

淡黃色光線立即隱沒，森林瞬間陷入一片漆黑。

幸好前方枝葉沒那麼密，少許月光可以從空隙間灑落下來，讓人不至於伸手不見五指。

依靠著稀薄的月光，黃曉芬放輕了呼吸及腳步。那陣尚辨識不出是什麼造成的聲音，仍舊斷斷續續進入她的耳中。

聽起來有點沉、有點重，並不像生物發出的聲音。

她不確定自己追尋聲音多久了，在害怕驚擾到聲音源頭的情況下，她連手機都不敢拿出來。

漸漸地，聲音從模糊轉爲清晰，這表示黃曉芬距離聲音源頭越來越近了。下一秒，闖入視野中的物體，讓她忍不住大吃一驚。

那是一座石碑，矗立在微隆的土堆前，在稀薄月光的照射下，依稀可以看見碑上似乎刻了什麼字。

她並沒有上前端詳碑上的字。她知道那是什麼，那是一座墳墓。

所以說……黃曉芬連忙再抬頭望向前方，果然瞧見更多相似的石碑一路往前蔓延，散落在林木之間。原來在不知不覺中，她已來到了森林中央。

那陣聲音還在繼續，聽起來有點像「砰、砰、砰」的，好像是什麼正敲擊著土地。

黃曉芬確定自己離聲音很近了，但眼前沒有任何可疑的存在。她又側耳傾聽一會，發現聲音是由左側傳來。

深怕聲音消失，她加快速度，但不敢用跑的，怕會製造出丁點動靜，她邁著無聲的大步，循著聲音而去。

事實證明，她的判斷沒有錯。走了一小段距離後，一抹被夜色染得有些模糊的身影，躍入因爲驚訝而大睜的眼眸裡。

人影身材中等，由於彎著腰，判斷不出究竟是高是矮。那人影正不停地高舉雙臂再揮下，每當手臂揮下，那聽起來又重又沉的聲音就會響起。

砰、砰、砰。

黃曉芬趕忙躲至樹後，再小心翼翼地自樹後探出頭，觀察那人的動作。

那人……居然在挖墳！

意料外的一幕，讓黃曉芬錯愕情緒過後，內心迅速湧上憤怒。

這裡可是埋葬著村人、甚至是自己親友的土地，這個該死的混帳怎麼可以對死者做出如此不敬的行爲！

「盜墓者」三字飛快閃過黃曉芬腦海，顧不得自己會被人發現，她正打算從樹後跳出來，大聲斥止對方的行爲，卻注意到對方動作忽然停下來，手中的鏟子也被扔置在地上。

準備跨出的腳步反射性緩了緩，她決定再觀察一會。

絲毫不曾察覺到林中還有其他人，人影彎腰拾起另一把器具，接著是一陣稍嫌刺耳的聲音響起。

聲音連續響了四次之後，歸於平靜。隨後見到人影扳開棺材板，使勁將之翻倒一旁。

人影接下來的動作是跳入棺材裡。

黃曉芬沒辦法看清那人在棺材內做了什麼，她手伸進口袋握住手機，正想報警的剎那，一陣怪異的音響制止了她的行為。

那聽起來一點也不像是在翻找屍體身上財物的聲音。

黃曉芬收回手，心中竄過不安。那聲音實在太古怪，而且教人下意識感到發毛及反感。

卡滋卡滋，卡滋卡滋，聲音不間斷從棺材內傳出。

那個人，究竟在棺材裡做些什麼？

在難以壓抑的好奇心驅使下，黃曉芬屏著氣，不敢發出聲音地慢慢朝那座被挖開的墳墓接近。

靠近墓穴邊緣後，她看見那人趴跪在屍體上，同時製造出「卡滋卡滋」的怪異聲音。

難聞的氣味直衝鼻腔，黃曉芬連忙捂住口鼻，強迫自己將視線放在那人身上。幸虧對方背對著她，才沒有發覺她的存在。

黃曉芬試圖再靠近一些，直到站在棺材外側，她總算能夠清晰無比地將那抹趴跪的身影完全納入眼裡。

在這麼近的距離之下，她甚至能將對方身上的衣物看得一清二楚。那套衣物，她今天早上才在某個人身上看過。

沒錯，不僅僅是衣物讓她感到熟悉，就連此刻背對自己的身影，黃曉芬也認出來了。她的雙眸不敢置信地睜大，幾乎就要喊出那個浮現於腦海的人名。

如果不是她發現那陣「卡滋卡滋」的聲音究竟是怎麼形成的話。

不敢置信的情緒在瞬間化成駭恐，黃曉芬死命捂住自己的嘴巴，將來到喉頭處的尖叫嚥下。

她臉色慘白，緊捂著嘴，全身繃得僵直，好不容易終於強迫自己提起右腳，後退一步，再來換提起左腳，後退一步。

這簡單的小動作，卻幾乎耗盡她的力氣。她不敢放下捂著嘴巴的手，深怕自己眞會忍不住尖叫起來。

她慢慢地又退了好幾步，雙眼死死地盯住背對著自己，並且仍在製造聲音的身影。

直到視野內看不見那人的背影，黃曉芬再也忍耐不住，她轉過身，拔腿就逃。

「卡滋卡滋」的聲音被遺留在身後。

但烙印在腦海中的可怕畫面，卻怎樣也難以抹滅。

黃曉芬作夢也沒想到，有一天竟會看見總是和藹笑著的歐陽佐，趴在屍體上，然後，然後……

彷彿餓了一輩子似的，啃咬著腐爛的爛肉。

第六章

窗外蟬聲唧唧作響，彷彿在歌頌夏日的美好天氣，但待在房裡的杜寧寧心情卻很沮喪。

才十歲的她綁著兩條短短的麻花辮，蘋果般的臉蛋圓滾滾的，還有一點未褪的嬰兒肥，本該討喜的一張小臉，卻滿是可憐兮兮的表情。

她眉毛下垂，嘴唇抿起，就連肩膀也垮了下來，整個人彷彿被抽了骨頭似的，有氣無力地將下巴擱在桌面上。

她一直盯著手機裡的相片瞧。

貓咪，可愛的貓咪，覆蓋住全身的薑黃色細毛看起來很柔軟，襯著一雙濕漉漉的大眼睛和粉色鼻頭，天真無辜的神態讓人好想揉進懷裡悉心呵護。

那是杜寧寧前幾天在公園草叢裡發現的小貓，孤伶伶縮成一團，不知道是被拋棄了，還是貓媽媽只是暫時離開。

當杜寧寧對著牠喵喵叫的時候，小貓就像是被她的聲音吸引，搖搖晃晃地撐起身子，湊向她伸出來的手指。

粉紅色的小舌頭舔了手指一下，杜寧寧的心裡就像是被塞了一團蓬鬆的棉花糖，興奮得想要發出尖叫。

她興匆匆地拿出手機，對著小貓就是好幾連拍，直到拍出一張滿意的照片之後，她又忍不住用兩隻手捧起如同一團毛球的小貓。

暖呼呼的體溫熨著她的掌心，那顆毛茸茸的可愛頭顱還輕輕地蹭了她一下，杜寧寧幾乎無法控制住想要把小貓帶回家養的念頭。

但媽媽嚴厲的表情卻在這時閃過腦海。

想到媽媽曾經交代過「不許隨便把小動物撿回來」的斥責，杜寧寧滿腔的興奮之情就像是被潑了冷水，小臉頓時變得比苦瓜還苦。

她猶豫地把小貓放回草叢裡，卻見牠鍥而不捨地又往自己走近，那副顫巍巍的姿態看得她心疼得不得了。

心中的天平搖搖擺擺，最後還是母親的怒火壓過了杜寧寧的渴望。

「我明天會再來看你的，還會給你帶小魚跟牛奶，你要乖乖喔。」她小小聲安撫，一步三回頭地離開公園。

但隔天再去公園，薑黃色小貓卻不見了。

相片盯久了，杜寧寧那雙大眼又忍不住蓄起水氣，滾滾淚花彷彿下一秒就會湧出眼眶。

她吸了吸鼻子，消沉的情緒讓她做什麼事都提不起勁來，就連替媽媽跑腿買東西的時候，也因爲心不在焉而撞到了人。

即使在二十分鐘前被母親耳提面命地吩咐要趕快做完暑假作業，然而杜寧寧的習作本卻仍舊好端端放在桌子另一邊，一頁都沒有翻開來。

耳邊聽著嗡嗡的風扇轉動聲，杜寧寧手指在手機螢幕上胡亂滑動著，突然間，唧唧的蟬鳴聲及嗡嗡的風扇轉動聲中，手機的震動驚回了她幾乎要渙散的神智。

有誰用LINE的免費通話打了電話給她。

杜寧寧看著跳出來的頭像和名字，是同班同學葉一飛。

她還來不及按下綠色接通鍵，又聽到喀噠一聲——那是石塊敲擊上窗框的聲音。

紮著兩條麻花辮的小女孩吃了一驚，第二聲喀噠聲響又傳進她耳中。

在接電話與走向窗前查看之間，她猶豫不決。從椅子上站起身，慌慌張張地握緊手機，但視線卻看往窗子。

最末，一波波震動透過皮膚，如同催命鈴般敲在心臟上，讓杜寧寧選擇了先接手機。

「喂？」

「往外看！往外看！」

充滿活力的男孩聲音從手機傳了出來，杜寧寧卻覺得對方的聲音響亮得像是立體音響，居然讓她產生了窗外也有人大喊的錯覺。

「寧寧，快點往外看啦！」手機裡的聲音催促道。

杜寧寧忙不迭三步併作兩步地跑向窗前，手機仍舊貼在耳朵上，依照指示探出腦袋。

窗外只有數年來如一日的桂花叢，還沒到開花季節，所以呈現一片翠綠。

但是桂花叢後方卻站了兩個男孩子，圓圓的臉、大大的眼睛、鼻頭上有些許雀斑，像是一個模子印出來的。其中一個男孩手上拿著手機，咧開嘴，朝杜寧寧揮起空著的那隻手，同時不忘對身旁兄弟說道。

「我就說她會先接電話，用石頭敲窗子實在太遜了。」

「呿。」另一人齜了下牙，但再轉向杜寧寧時，圓臉上換成了明亮的表情。

「寧寧，我們來找妳玩了。」

「一安！一飛！」杜寧寧有些驚喜地看著突然來訪的兩兄弟，一雙大眼睛因爲笑容，瞇成像是彎月形，頰邊還有兩個小酒窩跟著浮出。

「寧寧，待在房裡多無聊，跟我們一起出去吧！」

「妳會來吧？妳會來吧？我們在後山發現了驚喜喔！」

既是杜寧寧鄰居，也是杜寧寧同班同學的葉一飛和葉一安鑽出桂花叢，也不管身上和頭髮還黏著葉子，笑嘻嘻地鼓動著。

「後、後山？」杜寧寧眼睛頓時睜得大大的，「大人不是說不可以隨便跑進山裡的嗎？山裡有熊啊。」

說到「熊」這個字，她看起來有些害怕。

「才沒有熊呢！」葉一飛立即反駁。

「那一定是大人們編出來騙人的，就是不要我們去後山。」葉一安跟著附議。

因爲俊良老師家的狗被殺害一事太過血腥，所以大人們僅僅是告誡村裡的孩子，說後山有熊出沒。

「我們前天才去過後山。」葉一飛就像是爲了加強話語的可信度，特地將他們做過的事搬出來講。

「根本什麼事都沒有發生。」葉一安得意洋洋地說。

「我……」杜寧寧躊躇地咬著粉嫩嫩的下唇。

「來嘛，我們一起去後山。」像是看出她的猶豫，葉一飛快速進入LINE群組，點開其中一張照片，赫然就是杜寧寧先前拍的薑黃色小貓，「我和一飛前天去後山的時候，有聽到貓叫聲喔！」

「貓叫聲？」杜寧寧吃驚地抬起頭、瞪大眼。

「沒錯！」葉一安用力地點點頭，「要不是臭老姊突然打電話恐嚇我們，再不回去就要被她揍一頓，我們說不定就可以找到貓咪躲在哪裡了。」

杜寧寧捏著小拳頭，心臟怦怦跳，眸子裡沒有了先前盤踞好一陣子的消沉，而是重新燃起振奮的光芒。

「怎樣，要不要跟我們一起去後山啊？」葉一飛又問了一次。

「要！」杜寧寧大聲答應。

葉一飛與葉一安擊了下掌，兩兄弟臉上寫著「搞定了」的飛揚表情。

紅葉村後山平時沒什麼人跡，夏天還時常有蛇類出沒，過去不乏有人被蛇咬傷的事件。雖然目前爲止沒有人因此死亡，但爲了安全起見，村裡大人平常是不允許孩童獨自跑來後山玩耍的。

只是大人不允許歸不允許，對孩子們來說，能夠撿拾到松果、漂亮紅葉，又或者是可以捉到獨角仙、鍬形蟲的後山，實在如同寶庫，因此還是會有玩性重的孩童，想要偷偷溜到後山裡。

順利避開村中大人的耳目，杜寧寧三人終於成功來到後山。三名小孩因爲剛剛使盡奔跑，都有些上氣不接下氣，背後也滲出汗，但三人臉上全都洋溢著興奮的笑容。

「太……太棒了，都沒被人發現呢！」葉一安喘了幾口氣，直起身子，朝四周張望。

他們選擇的這條後山小路並不崎嶇，黃褐色路面上散落著碎石與葉片，兩邊是高高矗立的楓樹。璀璨陽光從葉隙間灑落下來，彷彿將周邊景物鍍上一層淺淺光暈。

「你們是在哪裡聽到貓叫聲的？」杜寧寧有些心急地拉拉葉一飛的袖子。

「就在前面一點的地方。」葉一飛乾脆抓著杜寧寧的手往前走，途中還經過一塊被灌木叢包圍的空地。

「那裡、那裡。寧寧妳有看到那條岔路嗎？」葉一安匆匆追上來，還特地加快腳步繞過兩人，伸出手往前面一指。

正如葉一安所說，地勢緩慢向上的山路，在前頭不遠處岔成了Y字形。

「貓咪一定在右邊。」他信誓旦旦地開口。

「不是，在左邊！」但他的兄長卻大聲反駁，「聲音一定是從左邊傳來的。」

「右邊！」

「左邊！」

兩兄弟堅持自己才是對的，分別站在通往左側與右側的路口前，瞪著眼睛，倔得像是兩隻小鬥牛犬。

杜寧寧既不想兩人吵起來，又牽掛著那隻消失的薑黃色小貓，她咬咬嘴唇，手指不知所措地絞在一起，眼睛裡瀰漫上一層水霧。

「寧寧，妳說……」葉一飛扭過頭，想要問女孩的意見，卻看到對方睫毛撲閃撲閃的，眼圈隱隱紅了起來，他的聲音戛然而止。

注意到兄長的句子像是被吞掉一樣，葉一安也跟著轉過頭，卻沒想到會對上杜寧寧那一雙委屈得像是會淹出水來的眸子。

兩兄弟當下也不爭了，慌慌張張跑到她身前，又是道歉又是安慰。

「不可以吵架……」杜寧寧吸了下鼻子，說起話來還有點抽抽噎噎。

「沒有，我們沒有吵架。」葉一飛就怕她掉眼淚，抓抓頭髮，思考起有沒有兩全其美的方法，「這樣好了，我們分兩邊走。」

雖然與葉一安是雙胞胎，但葉一飛仍舊堅信早出生幾分鐘的自己是哥哥，所以自然而然開始指揮調派。

「一安，你跟寧寧一起。我走左邊這條。誰先找到貓咪就先打電話。」

「如果都沒找到怎麼辦？我們不能在後山待太久。」葉一安想起先前太晚回家差點挨姊姊揍的事情，忍不住問道。

笨蛋！豬頭！葉一飛瞪了弟弟一眼，注意到杜寧寧眼裡又閃出淚花，暗暗踩了他的腳。

葉一安顯然也知道自己說錯話，就算被哥哥踩得好痛，一張圓臉都皺了起來，還是沒有吭聲。

「我們就找到太陽下山前爲止。」葉一飛比了比他們所在的岔路口，「在這裡會合。」

與杜寧寧和葉一安分開後，葉一飛邁著大步往左邊小路走，他一邊豎起耳朵捕捉貓叫聲，一邊轉著脖子東張西望，試圖從一片鮮綠之中尋找出柔軟的薑黃色。

他記得寧寧之前將小貓照片傳到LINE群組上的時候，好像喊那隻小貓……

「咪咪還是喵喵？」葉一飛搔搔頭，決定兩個名字都喊，反正聽起來就像同個意思。

「咪咪、喵喵，你在哪裡？快出來！」葉一飛撿起地上一根樹枝，撥開那些長得茂盛的長草。

才十歲的他根本沒有想過，一隻走路還顫巍巍的小貓怎麼有可能跑到後山來，只是下意識將先前聽到的貓叫聲與那隻薑黃色小貓畫上等號。

「咪咪、喵喵，不要躲了，我們要帶你回家。」葉一飛又喊了幾聲，但除了他自己的聲音，只剩下偶爾響起的蟲唧鳥鳴，還有枯葉被鞋子踩碎發出的啪沙聲，異常安靜。

雖然分開行動是自己提出來的——他也想要在杜寧寧面前有個好表現，想像著自己抱著小貓回到岔路口等待另外兩人——可是一個人走在漫長得像是看不見盡頭的小徑，繁茂的楓葉在頭頂上層層交疊，葉一飛忽然感到不知所措。

這座後山有那麼大嗎？好像走了很久，爲什麼一直沒有聽到貓咪的叫聲呢？

葉一飛原本俐落揮動樹枝的手開始變得躊躇，每每撥開一簇草叢都會猶豫再三。他忍不住回頭看向來時路，與前方沒有太大差別的景色，讓他覺得自己似乎陷入一個迴圈。

天上忽然飄過大片雲層，遮蔽了陽光，使山中變暗不少。加上樹影搖曳，瞬間替後山增添一絲陰森感。

「沒、沒什麼好怕的！」葉一飛握緊樹枝，大聲打氣。男孩子可不能因爲這麼一點小事就害怕，會被笑的。

聽著自己的聲音迴盪在山裡，好似還帶著嗡嗡的回音，葉一飛做了個深呼吸，又重新轉回前方，然而視線一落到黃褐色路面上時，眼睛不由得瞠大了。

「這是什麼？」葉一飛非常確定，就在剛剛他轉過頭之前，路上可是什麼東西都沒有，而不是像現在這樣散著一顆顆圓滾滾的藍色珠子，遠遠看去，彷彿一條歪曲的藍線。

葉一飛瞪著那些珠子，對於這些突然出現的東西感到緊張不安，但好奇心最終還是勝出了。

他彎下身撿起離腳邊最近的一顆藍珠子，因爲透明的質感，他一開始以爲那是玻璃珠，直到湊到眼前、聞到了甜甜的味道，他才恍然大悟。

這根本不是什麼玻璃珠，而是糖球。

緊接著，更大的疑問出現了。是誰將這些糖球撒在小路上？

葉一飛吞了吞口水，聽到自己喉頭吞嚥時發出的咕嚕聲，抓在手裡的樹枝不知不覺間鬆開了，他控制不住自己，一邊走一邊撿起藍色糖球放進口袋裡。

他好想知道這些晶瑩剔透的糖球會延伸到哪裡去……

有聲音。

杜寧寧和葉一安停下腳步，他們聽到山中傳來了某個聲音。

那聲音既不是蟬鳴，也不是鳥類的振翅聲，更不是樹葉晃動的沙沙聲。

由於距離有些遠，加上又隔著太多林木，所以兩個小孩子一時也分辨不出是什麼聲音。可是異樣又突兀的聲音，仍嚇了他們一大跳。

「哇！」

杜寧寧與葉一安幾乎同時發出驚呼聲，他們製造出的騷動驚動了停在樹上的獨角仙。那隻黑亮的昆蟲展開翅膀，沒一會便飛到更高的樹枝上。

「那是什麼聲音？」杜寧寧膽子小，反射性往葉一安身邊挨去，圓圓的眼睛裡寫滿驚慌。

「我也不知道。」葉一安努力擺出「這沒什麼」的表情，他是男孩子，可不能在寧寧面前流露出害怕的模樣，但繃緊的肩膀卻洩露出他的緊張。

不久聲音又響起，淒厲、尖銳、恐懼，屬於男孩子的尖叫聲。

葉一安臉色猛地刷白，他聽出來了，那是一飛的聲音，一飛在尖叫。

「一安！」杜寧寧全身都在發抖，小手緊緊抓著他的手臂不放，「那是不是……是不是一飛？」

「我去找他，寧寧妳留在這裡等我。」葉一安的心臟都要跳到嗓子眼了，扳開杜寧寧的手指，拔腿就想往回衝。

「不、不要！我要跟你一起！」杜寧寧哆嗦地說，小手不依不撓地又捉回去，她怕極了獨自留下來。

葉一安沒有辦法，只好牽著她跑。兩人順著原路折回去，來到最初的岔路口，再跑進左邊的小徑。

一路上，兩人又聽到數次尖叫，但到後來，尖叫聲卻再也不曾響起。栽滿大量楓樹的山林中，突然變得異常安靜，靜到讓人毛骨悚然。

難以形容的害怕漸漸爬上心頭，兩個小孩的步伐下意識慢慢緩了下來，從跑變成小跑步，再從小跑步轉成走。

他們的手不自覺緊緊抓握在一起，空氣裡開始傳來奇怪的味道，而且越來越濃。

葉一安嚥嚥口水，他不知道那是什麼味道，他們來的時候明明沒有。可是，他曾經聞過和這有些類似的味道。

和鐵生鏽的味道有點像。

過不了多久，葉一安腳步先停了下來，並不是他發現葉一飛的下落，而是因爲他踩到某個硬硬的東西。葉一安移動左腳，瞇著眼，一時卻認不出那小小細細的物體究竟是什麼。他忍不住蹲下來，將之拾起，拿到眼前。

杜寧寧也學著他的動作，兩顆腦袋就這麼湊在一起，兩雙眼睛就這麼直勾勾地盯著那個細細小小的東西瞧。

瞧著瞧著。

兩張稚氣臉孔猛然因爲恐懼而扭曲，拔高的尖叫衝出了喉嚨。

「咿啊啊啊啊啊啊啊！」

那個細細小小的物體從葉一安手中掉下，男孩女孩一塊尖叫著逃離原地。

兩人逃跑的原因很簡單，因爲他們剛才拾起的東西，居然是、居然是……人類的手指頭！

葉一安臉上不見血色，杜寧寧眼裡已蓄滿淚水，就在他們慌不擇路、根本無暇顧及路面情況的時候，跑在較前面的葉一安突然腳下一個踉蹌，被凸出的某種障礙物給絆倒。

他狼狽地撲跌在地，連帶也讓和他的手抓在一起的杜寧寧重心失衡，跟著往前撲倒。

「好痛……」葉一安痛得臉都皺起來，掌心處傳來熱辣的刺疼。他低頭想看清楚是什麼絆著了他，說不定是石頭或樹根，只是這一低頭，便什麼聲音也發不出來了。

原來人在極度恐懼的時候，什麼聲音也發不出來。

「一安，你……」杜寧寧捽得比較輕，她想問問對方的狀況，但在瞧見身下物體的同時，剩下的聲音被狠狠地絞扼在喉嚨裡。

兩個孩子腦袋一片空白，他們在這一刻、這一分、這一秒，目睹了從未見過的可怖景象。

絆倒他們的，並不是什麼石頭或樹根。

「那東西」看起來比兩人還要小一些，浸在大片紅色水泊裡，一動也不動，裹著和紅色水泊一樣顏色的布料。但有些部分仍呈現淡藍色，顯示出這布料應該是被紅色水泊給染紅。

葉一安的牙齒格格顫抖，他無比清楚地記得葉一飛今天穿的就是一件藍色上衣。

可是可是，「那東西」看起來和葉一飛一點也不像。

因為「那東西」不僅沒有手也沒有腳，脖子以上還空蕩蕩的。

杜寧寧如同一灘軟泥跌坐在地，眼淚跟鼻涕糊了整張臉，她的嘴巴張著，卻一個字也發不出來。

旁邊的矮木叢驀然晃動起來。

有什麼在矮木叢後面。

同一時間，紅葉村的一棟屋子裡，王麗萍正站在流理台前削著蘋果，艷紅色的果皮像流水般地蜿蜒往下滑動。

廚房很安靜，除了吊扇不斷賣力旋動扇片的聲音，就只剩下窗外唧唧的蟬鳴聲。

「最近野貓好像變少了……」王麗萍喃喃自語，俐落地去皮將蘋果切成八瓣，拈起一瓣咬了一口，清爽的汁液在嘴裡炸了開來。

其餘蘋果片則被她放在盤子裡，準備端給在房間寫暑假作業的女兒。

經過客廳的時候，掛在牆上的老舊時鐘顯示出現在已是下午四點。

由於正值盛夏，白日顯得較長。從室外的亮度與陽光的強度來看，教人很難想像再過不久，就是傍晚。

就算到了六點，想必天色還是明亮得不像夜晚。

而對於身爲家庭主婦的王麗萍來說，再過一個多小時，她就要開始準備晚餐了。

她端著蘋果，一面思索著待會晚餐的菜色與分量，一面朝自己女兒的房間走去。

杜寧寧的房門是關著的，門後則是一片安靜。

王麗萍敲了一下門後，便直接推門而入。

「寧寧，妳今晚有什麼特別想吃……」

問句在瞧見房內情況後，戛然而止。

映入王麗萍眼中的，不是女兒紅撲撲的可愛臉蛋，更沒有見到那常常像尾巴甩呀甩的麻花辮，房裡一個人也沒有。

但她卻沒有爲這畫面感到吃驚，而是走到窗前，往外探頭一看，果然在窗子底下的地上，瞧見了兩枚小小的鞋印。而在鞋印兩邊，又可以看見各踞一側的一雙鞋印，尺寸稍微大上一點點。

王麗萍搖搖頭，嘆了一口長長的氣。絕對又是隔壁的雙胞胎兄弟來找自家女兒玩了……

既然人都偷溜出去了，她也不打算到外頭去拎著小孩的衣領回來。翻翻桌上的作業簿，心裡決定等杜寧寧回家後，再好好打女兒一頓屁股——作業沒寫完就跑出去玩，該罰！

將女兒房間的窗戶關上卻沒上鎖，好讓她可以再「偷偷」溜回房裡，王麗萍將剩下的蘋果放進冰箱，決定利用這一小段空檔打掃家裡。

打掃時間總是過得特別快，等到掃完地，還拖了一次地，王麗萍才驚覺不知不覺已過了五點。

杜寧寧還沒有回來。

該不會是玩到忘記時間了吧？王麗萍微皺起眉，但因為天色還亮，再加上杜寧寧以前也不是沒有貪玩的記錄，於是她沒有立即打電話，而是選擇了到廚房準備晚餐。

只是等到一桌子菜都煮好，窗外天色也轉為偏淡的灰藍色，依舊沒有見到杜寧寧頂著一張愧疚的表情，畏畏縮縮地從門外探出小臉，囁嚅地說著對不起。

王麗萍臉色沉了下來。她瞄了壁上的時鐘，六點十分，都超過平常開飯時間十分鐘了。

她撥打女兒的手機，然而鈴聲響了又響，卻始終沒被接通。對於一個偷跑出去、超過規定時間還未回家的小孩子來說，不敢接電話是可以想像的，這更加讓王麗萍感到生氣。

等寧寧回來，絕對要禁止她三天不准再到外面玩！毫不猶豫地做出會讓女兒淚眼汪汪的決定，王麗萍坐在客廳裡，面無表情地盯著敞開的大門。

天色越來越暗，村內路燈也逐一亮起，夜晚終於包圍整座紅葉村。

杜寧寧卻依然沒有回來。

眼看時針都要從六走到七，王麗萍的表情也從原本的不悅轉成不安，然後那絲不安越發茁壯，直至纏繞上心頭。

最後，她再也坐不住。

太奇怪了，她的寧寧從來不曾那麼晚還未回來，一飛和一安兩兄弟也不是會玩到忘記回家的性子，以往他們總是在五點左右，就會陪寧寧回來了。

不安轉變成焦灼，王麗萍急急站起，她打算到隔壁葉家確認情況。但沒想到正要跨出門，外頭有一抹人影氣喘吁吁地朝她衝來。

王麗萍嚇了一跳，隨即認出那名眼睛圓圓、臉蛋也圓圓、鼻頭上有些許雀斑的女孩，是葉家的大女兒，也就是葉一飛和葉一安的姊姊。因爲父母較晚下班，回到家時都快九點了，這段時間都是由她看顧著弟弟。

「小芳？」王麗萍有些吃驚，「怎麼了嗎？」

「阿姨……」葉惠芳喘了幾口氣，眼眸裡有著掩不住的緊張，「小飛和小安……有在你們家嗎？都已經七點了，他們還沒回來，手機又沒接，我、我有些擔心……」

聽到葉一飛和葉一安還沒返家，同樣是失聯狀態後，她的一顆心頓時高高提起。

注意到王麗萍的表情，葉惠芳立刻想到最糟的情況。

「難道……」有著圓圓臉蛋的女孩倒抽口氣，「寧寧她也……」

「別、別太擔心，也許他們三人眞的不小心玩太瘋了，不敢接我們的電話。」王麗萍勉強自己露出一抹笑，她不想讓面前的孩子更加慌亂，「小芳，我們一起到外面找找吧。」

葉惠芳大力地點著頭，即使內心裡的憂慮絲毫沒有減少。

事情並沒有想像中順利。

繞了大半個村子，也問遍路上能遇見的人，還有幾名村民得知情形後，自告奮勇地一塊加入尋找行列，但還是沒能發現小孩的身影。

王麗萍和葉惠芳心頭的焦慮越來越濃，兩人眼中的不安顯而易見。尤其是才十五歲的葉惠芳，一張圓圓的臉蛋都有些發白了。

無計可施之下，王麗萍向村裡派出所尋求援助，希望警察們能幫忙尋找孩子的下落。

三名小孩失蹤，這在紅葉村是一件大事。

問清情況後，黃所長立刻帶了兩名部下，和其他自告奮勇幫忙的村民們，組成了數支小型搜救隊，決定到後山尋找。

既然村裡沒發現三名小孩的蹤影，那麼對於孩童來說，極具吸引力的後山便成了搜救隊首要的搜尋目標。

原本黃所長想勸王麗萍與葉惠芳先回家休息，一有消息就會馬上派人通知。可是心急如焚的兩人哪可能待得住，堅持要隨隊伍一同前往。

夜色裡的後山輪廓模糊，遠看就像一頭趴伏著的巨大生物，帶給人無法形容的壓迫和陰森感。

山裡楓樹枝葉茂密，即使夜幕上懸掛著銀月，但大半月光都被阻擋在外。倘若沒有照明器具，充斥在林木之間的便是大片黑暗。

人工照明照亮了前方路徑，由黃所長領在最前頭，將近十人的其中一支小隊一邊注意周遭動靜，一邊大聲叫喊。

「寧寧！」

「小飛！小安！」

「寧寧！」

「一飛！一安！」

此起彼落的呼喚，在寂靜的山中顯得格外明顯而尖銳。

「寧寧！妳有聽到媽媽在叫妳嗎？」

「小飛！小安！你們快點出來啊！」

每當呼喚稍歇，回應眾人的只有死寂般的安靜。

「所長，三個孩子該不會跑得太裡面，結果真的迷路、出不來？」跟在黃所長身後的一名年輕警察壓低聲音，擔憂地說。

「別說這種話，讓杜太太她們聽到的話，會害她們更擔心。」黃所長低斥了聲，可心裡也有著同樣的擔憂。

後山雖名爲「後山」，其實卻是佔地極爲廣大的群山所組成，多數區域尚未開發，甚至毫無人跡。

黃所長現在只能衷心期望，孩子們千萬不要眞的在深山裡迷了路，更不要遇到了什麼可怕的動物。

搜尋持續不斷，手電筒的燈光不停往草葉與樹叢間照射過去。

身爲失蹤孩童家屬的王麗萍和葉惠芳，把嗓子喊得都快啞了。

一會後，最先察覺到不對勁的，是走在前頭的黃所長。

有股怪異的臭味。黃所長皺起眉毛，使勁朝空氣中嗅了嗅，雖然有點淡，但那股味道確實不是他的錯覺，證據就是其他人也聞到了。

「這什麼味道？」

「好臭……」

「怎麼這麼難聞……」

隨著味道越漸濃烈，越來越多質疑和抱怨聲也冒了出來。

不少人忍不住伸手捂著鼻子，只希望能阻隔難聞的臭味。味道出現得太不尋常，黃所長一邊猜測該不會是什麼動物的屍體，一邊示意隊伍加快前進的腳步。

從臭味變得幾近刺鼻的情況來看，味道的源頭已經離搜救隊相當近了。很快地，黃所長手中的手電筒率先照出什麼。

光線照出來的，是一種與泥土地不同的色彩，那是偏深黝的黑褐色。光線持續朝前移動，納入可見範圍的黑褐色也越來越多。

再接著，黃所長停住腳步，他背脊僵直，再也沒辦法將手電筒更往前照了。

因爲有某個東西，就靜靜地躺在那異常的黑褐地面上。細細長長，是成年人一握就可以圈住的寬度，而且還有著小小的掌心，和接連著掌心的拇指、食指、中指、無名指、小指。

黃所長有些握不住手電筒，他認得出那是小孩的手臂，就因爲認得出，才更加無法動彈。烙印在視野內的手臂，只有一截，和主人的身體徹底分離。

冷汗滲出額際，慢慢滑下，黃所長忽然不敢再往前照射，怕會看到……

「所長，怎麼了？你發現什麼了嗎？」注意到上司的不對勁，原本搜尋其他方向的年輕警察跑過來。他沒有多想，手電筒直接朝黃所長面對的方向照過去。

「小馬，等等！」

「嚇啊啊啊啊啊啊啊啊啊！」

黃所長驚慌的大叫被另一陣更加高亢的慘叫掩蓋過去。

被稱爲「小馬」的年輕警察一屁股跌坐在地，手電筒滾離他的掌握，他面色死白，滿臉都是掩不住的駭恐。

來不及看見小馬究竟照出什麼，另一名年紀大一些的警察趕快將自己的手電筒調轉方向，幾名握有手電筒的村人也連忙依樣畫葫蘆。

在數道光束的照耀下，前方景象頓時無所遁形地映入所有人眼內。

當近十雙眼睛看清一切的剎那，有人和小馬一樣發出慘叫，有人衝到一旁彎腰嘔吐。

王麗萍眼一閉、腿一伸，當場昏死過去；葉惠芳則是跪在地上，腦中一片空白，她甚至不知道身體正在劇烈顫抖。

有著圓圓眼睛和圓圓臉蛋的女孩，好像什麼聲音都聽不到，她張著嘴，困難地吸氣，想告訴自己這一切都不是眞的。

沒錯，那被血液染黑的土地是假的；那靜靜躺在黑褐色地面上，裹著暗紅上衣的肉塊是假的；那些像是花瓣散落在肉塊周圍，上頭還有啃咬痕跡的手和腳也是假的；而置放在肉塊兩端的兩顆頭顱，和自己的弟弟們有著相同臉孔的頭顱，更是、更是……

「啊啊啊啊啊啊啊啊啊啊啊！」葉惠芳猛然發狂般地尖叫，淚水爬滿那張血色盡失的臉龐，她跌撞著爬起身，衝向自家弟弟的屍體。

「惠芳！」黃所長使盡全力架住情緒崩潰的女孩，那具瘦弱的身軀爆發出的力量，連他這個大男人都快攔不住，「不要這樣！惠芳！老趙，你快過來幫我！」

黃所長尖聲叫喊著自己的另一名下屬。

被兩個男人架住的葉惠芳，依舊拚命想要上前。她尖叫著、哭號著，聲音淒厲得讓架住她的人不忍聽聞。

黃所長不敢減輕雙手力道，轉過頭，朝另一名下屬咆哮。

「小馬，快點聯絡所裡其他人！叫他們立刻上山！」

「是、是！」小馬總算回過神般跳起，手忙腳亂地翻著身上的手機。

「動作快點！」黃所長又咆哮催促，「聯絡完後立刻打電話給村長！」

「村……村長？」小馬捏著手機，一時反應不過來。

黃所長鐵青著臉，一字一字說道。

「叫村長馬上對全村廣播，從現在起，絕對不准再讓孩子到後山來！」

第七章

紅葉村極爲安靜，一反往日的生氣蓬勃，反而像是籠罩了一層淡淡死氣。從小在紅葉村長大的黃曉芬，以及搬來不久的許俊良，都知道這個狀況是怎麼回事。

因爲有三個小孩失蹤了，這無疑是在一向祥和的村子裡投下一顆炸彈，頓時讓全村人騷動起來。

在村內一番搜索後，目前村人已組成好幾支小隊，向後山前進。

許俊良就是在等待這個時機，只有在大半村人不在的時候，他才能光明正大地帶著鏟子跟鐵鍬等工具，與黃曉芬一同進入位在村子外圍的森林。

那座森林是紅葉村用來埋葬村民的地方，雖然外層是蔥綠的樹木，裡邊卻是一片陰森墓地，而許俊良的目標，就是墓地裡的一座墳墓——他妻子的墓。

「老師，外邊已經沒人了，我們快點走吧。」在巷子口來回張望的黃曉芬再三確定沒有村人走動，連忙跑進屋子裡，隨手抹去額上的汗水，急促喊道。

原本在客廳裡坐立不安的許俊良，聽見這句話，立即站起來，兩隻手抱住鏟子跟鐵鍬，不敢有絲毫遲疑地快速走出房子。

兩人極爲小心，負責在前面開路的黃曉芬更是把警戒心提到最高點。就算她是村裡的人，但只要一被發現她帶人到森林裡挖墳，再怎麼和善的村民也絕對無法容忍。

那晚在墓地撞見歐陽佐的恐懼，成爲了壓力的來源，甚至讓她不止一次生出將這件事公諸於世的想法，但她只要一想到幫助許俊良完成任務後，就可以得到更大筆錢，她忍下這個衝動，並且壓下所有恐懼，暗暗爲自己打氣加油。

由於她必須負責觀察四周動靜，所以鐵製的鏟子和鐵鍬都由許俊良一人負責。不過今天實在太悶了，才走了一段路，他背後已濕成一片。汗水不斷從額頭滑下，滴到眼睛裡，刺得他險些睜不開眼，只能胡亂抹了抹，咬著牙、邁開腳步，跟上黃曉芬的身影。

爲了怕兩人太顯眼，黃曉芬捨棄可以最快走出村子的中央街，改而在那些小巷子裡鑽來鑽去，花了一段時間後，才順利來到村子外圍。

映入眼簾的是一塊塊如格子狀的農田與菜園，鮮碧的植物在月光照射下顯得有氣無力，彷彿水分都要被奪取似的，一些葉子已萎靡地垂了下來。

不過許俊良完全沒心情注意周遭景物，他扛著不算輕的挖掘器具，吃力地走在田埂上，鮮少接觸勞力活的他，這番路程下來，已經有些吃不消。

「老師，你還好吧？」黃曉芬臉上同樣布滿汗水，不過與許俊良相比，她還顯得遊刃有餘。畢竟從小在這座村子裡生長，自然做過一些農務，有著不錯的體力。「已經快到森林裡了，我幫你拿一些吧。」

「不好意思，麻煩妳了。」許俊良苦笑著將鐵鍬交給黃曉芬，手裡重量一下少了一半，步伐也跟著輕快許多。

今天天氣出奇地熱，雖然已是夜晚，但不一會兒便汗流浹背。吵雜蟲鳴不斷響起，穿過耳膜、刺入聽覺神經，讓人腦袋不禁被吵得發疼。

那些遍布在周圍的田地，此刻看不到任何農民，只有幾個稻草人豎立田間，剩下的則是一蓬蓬乾稻草堆，有些刻意紮成尖頂狀，遠遠看去就像是田裡有許多小房子。

確定四周沒有其他人影，黃曉芬與許俊良腳步不再那麼急促，一前一後穿過橫亙在農田與森林之間的荒地。

眼見森林就在幾步遠的前方，許俊良心底的大石頭總算放了下來。他鬆一口氣，扛著笨重的鐮子，跨大最後步伐，在高聳的樹下休息。

比他早一步靠在樹幹上的黃曉芬摘下頭上的大草帽，抓在臉頰邊搧著風，讓自己可以涼爽一點。

不得不說，森林裡的溫度與外頭簡直是天壤之別，在濃密樹蔭的覆蓋下，流轉林間的空氣清新萬分，更別說還有那讓人舒服到不想動彈、只想好好躺下來休息的涼意。如果不是還有事，許俊良眞想一屁股坐下來，乘涼好一會兒。

但相較於他的放鬆，黃曉芬卻顯得比在森林外邊時更焦灼。她抓著草帽搧了幾下風，隨後又將帽子戴回頭上，身體迅速與樹幹拉出一小截距離，催促著對方趕緊動身。

「老師，我們動作要快一點，在這座森林待太久對身體不好。」黃曉芬憂心地蹙起眉，從口袋裡掏出一支小型手電筒，啪的一聲按下開關，讓微弱光線照在褐土上。

「對身體不好？」許俊良聽見這句話，不禁嗤之以鼻，「森林裡充斥著芬多精，而且這邊又涼爽，怎麼可能對身體不好。」

「老師，你別忘記了，這裡是墓地，你聽過哪座墳墓的氣場對人體有益？」黃曉芬一邊扛起鐵鍬，一邊說道，「而且，就算樹木再怎麼多，你不覺得這裡溫度低得不自然嗎？」

許俊良本想再辯駁幾句，畢竟做研究的人總是比較相信科學根據，但一想到自己的研究已經顚覆了常理，便不再多說什麼，抓起擱在一邊的鏟子，跟上黃曉芬的步伐。

不知是心理作用還是這座森林比較奇特，走了一小段路之後，許俊良開始覺得冷了，原本沁涼怡人的溫度突然變得像是冷風滲入皮膚一般，讓他忍不住拉緊衣領。

森林很大、很安靜，頂上交錯的枝葉在地面落下層層疊疊的陰影，每次風一吹動，那些影子便搖晃出詭異的弧度，伴隨著不時響起的沙沙聲，讓走在裡面的人不禁要疑神疑鬼。

這時許俊良才總算了解，爲什麼要黃曉芬每次進入森林，價格都會開得那麼高——對女孩子來講，在這種幽森氣氛下進入森林，而且還是夜深人靜的時候，絕對是種負擔。

環視密布周邊的層層枝葉，再看向走在前方的女孩背影，許俊良急急加大步伐，深怕速度太慢落在後頭，被這座幽靜得死寂的森林迷惑心智。

一路上，兩人默默無語，只有偶爾才會響起枝葉被撥開的細碎聲響。

走在前方的黃曉芬抿著嘴唇，清秀臉孔一片嚴肅。她低頭看看腕上的錶，從他們出發到現在，已經過半小時，不知道至後山搜索的村民目前狀況如何？

「……希望不要太早回來。」她喃喃低語，壓得極輕的音量只有自己聽得到，身後的許俊良只以爲是風聲。

「曉芬，快到了嗎？」許俊良一邊微微抬高肩膀，讓快要滑落的鏟子回到原來位置，一邊問道。在這座森林裡，像是捕捉不到時間的流逝，他只覺得自己好像走了好久好久，卻遲遲沒有看到目的地。

「快了，就在前面而已。」黃曉芬頭也不回地說道，她順著那條在地上被人踩出來的小徑，彎過一叢灌木後，撥開遮擋眼前的細枝條，頓時映入一排排向深處延伸的墳墓。淺灰近似白色的墓碑隔著固定的間距豎立著，上頭刻有死者的入土時間及名字。有些墓碑前雖然擱置了小小的花瓶，不過裡面的花早已乾枯，變成沒有生氣的淺咖啡色。

當許俊良看到這片墳墓，心底沒有到達目的地的欣喜，相反地，手裡已出了一片冷汗。自從上次妻子出殯後，這是他第二次如此接近這片墳墓，活人與死人的分界線，彷彿一瞬間模糊了起來。

但他一想到那篇只差提出證明就可以完成的論文，心底的緊張頓時被強壓下來，他深吸一口氣，提著鏟子走向記憶中的位置——他妻子的墳墓。

看著刻有妻子名字的墓碑，許俊良合掌拜了拜，隨即毫不遲疑地握緊手中鏟子，對準腳下黃土挖了下去。

一旁的黃曉芬顯得有些猶豫，她看了看手中的鐵鍬，咬咬牙，終於還是揮起器具。埋著棺木的土堆出忽意料地鬆軟——黃曉芬估計，應該是前幾日才被挖過的緣故——沒過多久，兩人身邊已堆起一小座土堆，而被挖掘的地方則是陷了下去，露出裡面的棺材。

看著那具重見天日的棺木，許俊良扔掉手裡的鏟子，縱身躍下土坑裡，仔細摸了摸那具入土沒多久的棺材邊緣。原本釘著的釘子都已被人撬起，鑿過的痕跡還清晰可見。

棺木裡放置的是妻子的屍體，但許俊良仍忍不住深吸了幾口氣，才豁出去似地用力掀開棺蓋。

一股刺鼻的腐爛味頓時襲來，他用力掩住口鼻，勉強壓下反胃感，但所有不安與緊張在看到那具躺在裡頭的灰白屍體之後，頓時轉變爲狂喜。

那是一具纖細的女性屍體，穿著入殮時的壽衣，兩手交握在小腹前，但交握的那兩隻手卻只剩下手掌，十根手指頭不翼而飛；而屍體肩膀與脖子也殘缺不全，就像是被人啃咬過，露出了腐敗的部分；至於那豐滿的乳房，如今也只剩下一個，另一邊則變成了灰白的窟窿，不時有幾隻蛆蠕動著。

站在上方的黃曉芬一看見這可怖的畫面，立即摀住嘴巴，扔下笨重的鐵鍬，衝到一邊乾嘔起來。

許俊良顫抖著手指，從衣服裡拿出相機，朝屍體的傷口部分拍下數量驚人的照片，每個細節、每個咬痕都不放過，簡直像著了迷。

當他拍完照、覆上棺蓋，與匆匆地從土坑裡爬出來後，又抓起扔在地上的鏟子，跑向另一個距離較遠的墳墓。

「老師，你想幹嘛？」看見這一幕的黃曉芬一驚，顧不得胃還在翻騰，急忙趕到許俊良身旁——那是一座兩年前下葬的墳墓。

「只有一個證據是不夠的！」許俊良眼底充滿狂熱，他揮動著鏟子大聲說道，「我需要更多更多的證據，證明食屍鬼是存在的！」

「老師！」黃曉芬用力拉扯許俊良的衣領，「這與我們當初說好的不一樣，你說過只挖你妻子的墳墓！」

「曉芬，我好不容易才走到這一步，妳忍心看我心血白費嗎？」

「不行就是不行！我們時間已經不多，村人應該要從後山回來了。再不回去，我們會被懷疑的，到時候你的心血才會全部白費！」黃曉芬拉高音量喊道。

最後一句話將許俊良的理智拉了回來，他緊緊握著鏟子，看向那座他原本想要挖開的墳墓；幾番掙扎後，終於咬牙移開腳步，回到方才所挖的土坑前。

「把這些土弄回去，我們就離開。」許俊良從喉嚨裡擠出這句話，頭也不抬地將一鏟鏟土重新拋回棺木上。

很快地，那具木製棺材就被黃土逐漸淹沒，再也看不到了……

距離前往墓園那天又過了一日，黃曉芬獨自走在街上，顯得有些心不在焉。每每在路上遇到熟悉的村民，也只是胡亂打了聲招呼，又沉浸在自己的思緒裡。

雖然和許俊良的交易已經結束，也從他那邊拿到一大筆酬勞，但她的心情仍舊沉甸甸的，像是壓著一塊石頭，讓她始終不能釋懷。

先不管許俊良的論文能否順利完成，那畢竟只是個剛搬來不久的外地人，兩人的關係也僅建立在金錢上。但只要一想到自己住了那麼久的村子竟然隱藏著怪物，而且還是備受村民尊敬的歐陽佐，她頓時覺得不寒而慄。

那根本不是人，是怪物啊。有哪個人類可以毫不在乎地啃咬屍體，還吃得津津有味？

每當黃曉芬腦海裡晃過當日挖墳時看到的腐敗屍體，以及那一股濃到嗆鼻的惡臭，胃就一陣翻滾。在父親為了三個孩童慘死的事忙得焦頭爛額之際，她強忍住告訴父親歐陽佐的事情的念頭。

鼻尖似乎又若有似無地飄來淡淡屍臭，黃曉芬捂住嘴，踉蹌地走至牆邊靠著，做了幾個深呼吸，壓下那股呼之欲出的乾嘔欲望，這才覺得好過一點。

就在黃曉芬倚靠牆壁調整呼吸之際，一道飽含關心的嗓音在不遠處響起。

「曉芬姊，妳還好嗎？是不是不舒服？」

接著，黃曉芬聽見咚咚咚的跑步聲，不用抬頭就可以知道，朝她跑來的人是誰。

她放下捂在嘴巴前的手掌，站直身子、抬起眼，臉上掛起若無其事的笑容，「阿明，我沒事，可能是太陽太大，一時曬得頭暈了。」

歐陽明不疑有她，聽見這句話後明顯鬆了一口氣，拍拍胸口，臉上露出憨厚的笑容，「呼，沒事就好。」

「你同學回去了嗎？」不希望話題繞著自己打轉，黃曉芬隨口問了句，頓時看見歐陽明搖搖頭，側過身子，短短的手指比向後方。

「沒有。因爲後山事件狀況不明，妳爸希望我們再留一、兩天，配合調查。」

歐陽明的語氣透出了消沉。黃曉芬自然知道他口中的「後山事件」指的是什麼，不過卻不想搭理、也不想安慰，只順著他手指的方向看過去。

距離歐陽明不遠處，有幾道身影正慢慢走著，隨著他們的步伐越來越近，黃曉芬這才看清楚那些人。

走在最前頭的是名容姿明媚的少女，柔軟的長鬈髮披在身後，帶著一點嫵媚的味道；而那身白皙似雪的肌膚，更是讓從小在村子裡長大的黃曉芬自慚形穢。

少女身旁則是一名戴著眼鏡的秀麗女孩，似水的知性眼眸像是不經意地環顧四周，在對上自己的視線時，恬淡地笑了一下。

兩名女孩子身後，則是跟著一個秀氣的少年，一雙彎彎的狐狸眼沾著笑意，不時和她們說著話。

更後面一點，則是兩個並肩行走的少年。一名黑髮黑眼，身形略顯瘦弱，比較不引人注目；一名則是束著高馬尾，高挑的身形與淡漠俊雅的臉龐，讓黃曉芬不禁多看了幾秒。

走在最後面的是一大一小兩個身影。

黃曉芬認得左邊的少年，那張俊美得過分的臉孔，以及那一頭在村子裡太過搶眼的紅髮，令人印象深刻；而那身桀驁不馴的氣質，更是讓路過他們身邊的女孩們看得目不轉睛。

被少年牽著手的，則是一名黑髮白膚的小女孩，那雙深黑大眼睛就像是玻璃珠，沒有什麼明顯的情緒波動。

黃曉芬不喜歡那個小女孩，在她的認知裡，這個年紀的孩子就該像歐陽若一樣，所有情緒都寫在臉上，天眞爛漫，讓人疼愛不已。

彷彿察覺到黃曉芬過於露骨的注視，紅髮少年忽地抬起頭，狹長的眼眸惡狠狠地瞪視過來，像極了齜著利牙的獸，讓黃曉芬狼狽地收回視線，將心思拉回與歐陽明的對話上。

「你們有決定要去哪裡走走嗎？」她隨意問了一句。

「我準備帶他們去紅葉國小逛一逛。」歐陽明有些煩惱地說道，「不然也想不出來還有哪裡可以去了。」

「也是。」黃曉芬漫不經心地回了兩個字。接連發生寵物被殺、三名小孩慘死的可怕事件，後山與村子外圍實在不適合這一票大孩子。

就在這時，黃曉芬像是想起什麼，若無其事地露出笑，如同不經意提起這個話題。

「若若呢？怎麼沒有跟你們在一起？」

「若若她喔，應該是在中央街那邊。她整個下午都吵著肚子餓，想要吃點心，我阿公沒辦法，只好讓她出來買東西。」

「你阿公沒跟著若若出來嗎？」黃曉芬注意到其他人離她只剩下短短距離，不想讓他們聽到對話內容，趕緊提出最後一個問題。

「他去朋友家泡茶了。」歐陽明撓撓頭髮回答，這時眼角剛好瞥見來到身邊的同學們，他向黃曉芬揮揮手，便領著一票人往紅葉國小前進。

目送歐陽明離去的身影，黃曉芬露出一抹若有所思的表情，隨即抿了抿唇，如同下定決心一般，邁開步伐。

在聚集許多店舖的中央街上，雖然還有不少來來往往的村民，但氣氛卻充斥著一股淡淡壓抑，與往昔的熱鬧喧囂簡直有著天壤之別。

穿著縐巴巴外套的許俊良兩手插在口袋，漫不經心地走著，雖然黑眼圈還未完全消失，不過氣色比起前日倒是好了不少，下巴的鬍碴也全數刮了乾淨。

耳邊不時可以聽見壓得極低、討論三個孩子慘死在後山的竊竊私語，但他卻完全不在意。託那三個孩子的福，他才能順利進入墓園，找到食屍鬼的證據。

一想到自己的論文即將大功告成，許俊良嘴角忍不住揚了揚，不過弧度很小，畢竟在這條人來人往卻又氣氛壓抑的中央街上，不能太明目張膽地露出喜悅表情。更何況，他的身分是不久前痛失妻子的丈夫。

在街上隨意逛了一會兒，買了些晚餐要用的材料後，許俊良便準備打道回府。就在他轉過身子之際，一抹小小身影忽地撞了上來，然後是砰的一聲悶響。

許俊良先是愣了一下，隨即低下頭，頓時看見有著蓬鬆頭髮、蘋果臉頰的小女孩正皺著小臉跌坐在地上。

「若若。」許俊良準確無誤地喚出了小女孩的名字。

雖然在這座村子待沒多久，但他對這名天眞爛漫的孩子卻印象極爲深刻，更何況，她還是歐陽佐的孫女。

「歐陽佐」這三個字讓許俊良呼吸一窒，一股瘋狂的念頭驀地躍了出來。

「討厭，若若的棒棒糖碎掉了啦。」歐陽若噘著紅潤小嘴，委屈兮兮地看著掉在地上的糖果。

「抱歉抱歉，叔叔不是故意的。」許俊良尷尬地看著鬧彆扭的小女孩，只能不知所措地伸出手，將她扶起。

歐陽若的小嘴依舊嘟得翹翹的，粉嫩臉頰鼓了起來，大大的眼睛裡頭滿是不高興。

「不然……」許俊良露出有些討好的表情，削瘦的臉孔努力堆出和善的笑容，「叔叔請妳到家裡吃點心好不好？」

「點心！」聽到這兩個字，歐陽若眼睛頓時亮了起來，長而翹的睫毛眨了眨，臉上的彆扭一掃而空，拍了拍兩隻小手，「好啊好啊，若若想要吃點心！」

「來，叔叔帶妳去。」許俊良伸出厚實的大掌，瞇著眼笑了笑，隱藏在眼底的狂熱一閃而逝，快得讓人看不見。

歐陽若瞅了瞅許俊良，沒有撿起掉在地上的棒棒糖，直接將自己的小手遞了出去，讓對方牽住。圓亮的大眼睛因爲期待點心，不自覺彎成了可愛的新月狀。

一大一小慢慢走離了中央街，朝著那幢牆壁上攀爬著九重葛的屋子前進。

第八章

郵局右轉進去的巷子底端，有一棟三層樓的西式洋房，白牆紅瓦，在陽光照耀下，深紅的屋頂顯得灼灼發亮。

站在這棟被村人戲稱爲童話屋的建築物前，黃曉芬深深吸了一口氣，向四周張望一下，確定沒有半個人，才假裝若無其事地伸手，推向通往院子的紅銅色大門。

根據黃曉芬的經驗，這扇大門除了入夜會上鎖，其餘時間幾乎只虛掩著。當手指碰觸到鐵門，沒費多少力氣，門板就發出輕微的喀啦聲，向後退了一些，剛好露出足以窺見院內植物的縫隙。

黃曉芬鬆了一口氣，又回頭往後看了一眼，隨即躡手躡腳地走進院子裡。

當雙腳正式踏上鋪在院中的青石板後，她才有了一絲眞實感，迅速掩上鐵門，毫無遲疑地往屋子大門走去。

看著緊閉的木造門扉，黃曉芬一邊在心底祈禱不要鎖上，一邊伸出手，握住了金屬製的門把。

輕輕下壓門把，門把發出凝窒的聲音，黃曉芬的心也跟著一沉，大門上鎖了。

她不死心地又試了幾次，最後仍是徒勞無功。

黃曉芬不甘心地咬了咬唇，好不容易碰上歐陽家的人都不在，如果就這樣放棄，等歐陽明的雙親也回來，就再也沒有機會了。

她不死心地繞著屋子走動，玻璃窗雖然也是上鎖的，但可以清楚看到客廳裡的確空無一人。

「還有哪裡可以進去？」黃曉芬喃喃低語，她沿著圍牆來到後院，位在廚房的後門頓時映入眼底。

她眼睛一亮，急忙走向後門，握著門把向下壓了壓，門板隨即應聲而開。

「太好了。」黃曉芬嘴唇忍不住輕揚，她探頭看向廚房，確定裡面也沒有半個人影之後，這才鬆了一口氣，走進室內。

就在她小心翼翼地將後門關上之際，一道蒼老嗓音忽地從背後響了起來。

「來我們家有什麼事嗎，曉芬？」

黃曉芬肩膀一顫，倒吸一口涼氣，用盡全力才壓下想尖叫的欲望。她嚥了嚥口水，緩緩轉向聲音來源。

歐陽佐佝僂著背脊，雙手負在身後，那張滿是皺紋的臉龐笑呵呵的，慈祥的笑意彷彿看見了疼愛的小輩一樣。

但黃曉芬卻覺得背後冷汗像是開了閘的水庫，很快把她的衣服滲濕。她緊張地舔舔嘴唇，試圖擠出一個笑容，只可惜嘴角的弧度顯得僵硬不已。

「歐、歐陽爺爺。」她悄悄將左手探向身後的門把，乾著聲音說道。

「都已經進來了，就到客廳坐一下吧，我這邊有人家新給的烏龍茶喔。」歐陽佐笑瞇著眼，朝黃曉芬做了個邀請的手勢，便逕自往客廳走去。

但走了沒幾步，忽地回過頭，乾癟的嘴唇掀了掀，「對了，曉芬，無視主人意願離開，是一件很不禮貌的事，爺爺相信妳是個乖孩子，不會做出這種事。」

黃曉芬扭動門把的手指一僵，一雙眼睛頓時瞪得大大的，驚恐地看向歐陽佐緩慢移動的背影。

明明只要壓下門把就可以離開這棟屋子，但她的雙腳卻像被釘住一樣，無法動彈，只能恐懼地僵在原地。

歐陽佐的沙啞聲音再次傳來。

「曉芬啊，怎麼還不過來呢?茶會冷掉喔。」

黃曉芬身子猛地打了一個激靈，臉上已布上一層細細汗珠。她跨出僵硬的腳步，拚命壓下想要轉身逃跑的欲望，一步步走向客廳。

歐陽佐已經在客廳的太師椅上坐好，茶几上則放了一只還冒著熱氣的紫砂茶壺。看見黃曉芬走來，他咧了咧乾癟的嘴唇，動作輕巧地將淺褐色液體倒進牡丹花紋的聞香杯，放在鼻前嗅了嗅，露出一絲滿意的笑容，再將聞香杯倒叩在青龍底紋瓷蓋杯上。

黃曉芬僵著表情坐下來，背部綳得緊緊的，兩隻手則是握成拳頭擱在身邊。

「來，曉芬，妳也聞聞。」歐陽佐輕笑著將茶倒進聞香杯裡，連同瓷蓋杯一起遞了過去，「聞完之後，再將這個倒扣在比較矮的那個杯子裡。」

「不、不用了，我不太喜歡喝茶。」黃曉芬乾笑著拒絕。

歐陽佐也不勉強，只是笑笑地將杯子放回茶几上，然後那雙刻著歲月痕跡的細小眼睛半瞇著，饒有興味地注視著對邊女孩。

黃曉芬被那充滿評估的視線看得不自在，身體反射性就要向後縮去，但背脊卻撞上了堅硬的椅背。

「曉芬，不用那麼緊張，爺爺又不會把妳吃掉。」歐陽佐呵呵地笑出聲音。

但這句話卻喚起她當日的驚恐回憶，幾乎不受控制地顫著嘴唇。

「你說謊！那天你明明就在、就在吃——」

最後兩字卡在喉嚨裡，黃曉芬反射性捂住嘴巴。然後，她看見歐陽佐緩緩地笑了，笑得越發慈愛，就彷彿在注視著不聽話的孫女。

「吃屍體，是嗎？」歐陽佐不以爲意地咧著嘴角，他緩緩從椅子上站起，探出半個身子，由上而下俯視瑟瑟發抖的黃曉芬，那雙布滿細紋的眼角略微下垂。

在那雙眼睛的注視下，黃曉芬連點頭或搖頭都做不到，只能拚命向後仰著頸子，一雙眼睛張得大大的，布滿驚懼。

「放心吧，曉芬，我不會吃掉妳的。」歐陽佐咧著乾癟的唇，臉上皺紋隨著表情擠在一起，讓人深刻感受到歲月的流逝，「啊，至少是不會吃掉還活著的妳，我對活人的肉沒什麼興趣。」

歐陽佐的口吻彷彿在說「今天天氣很好」一樣，悠然自若的態度讓黃曉芬只覺得有股寒意從腳底竄起，一路攀升至後背。她如同缺氧的魚張著嘴，想要呼吸新鮮空氣，卻發現竄進鼻中的是一股腐敗的惡臭。

那味道，簡直像是已經腐爛的屍體！

「怪、怪物！」黃曉芬嘴唇蠕動著，斷著氣擠出了殘破不堪的聲音，「你這個怪物！」

「怪物？」

歐陽佐發出乾啞的笑聲，如同風颳過枯木一般不舒服，那張乾癟的嘴唇越咧越大，不斷往臉頰旁延伸，一路拉到耳際，露出了裡頭的森白牙齒。

「那個做研究的老師，不都是這樣稱呼我們嗎——食屍鬼。」

看著那張逐漸逼近的可怕臉孔，黃曉芬恐懼地喊叫，兩隻手胡亂在空中揮舞，「不要過來！不要過來！我警告你……我爸爸是派出所所長，我如果不見了，他絕對不會放過你！」

歐陽佐如同聽見什麼笑話，咧開的嘴溢出了如風般空洞的笑聲，「傻曉芬，妳爸爸早就知道我的身分了。」

黃曉芬呼吸一窒，她不敢相信地瞪著對方，顫抖著嘴唇開口，「不、不可能的……你騙人！你一定在騙人！」

「曉芬，妳知道爺爺一向不騙人的。」歐陽佐眼神慈祥，沙啞的聲音透出了愉悅，「不只是妳爸爸，村裡年紀大一點的人都知道這件事。」

語言能力像是瞬間被剝奪似的，黃曉芬愣愣地張著嘴，只覺得嘴巴乾得不像話。

她不斷深呼吸好幾次，才總算從喉嚨裡擠出了幾個字，「你……說謊……」

「不不不，我可沒說謊。」歐陽佐搖了搖手指，那張咧到耳際的嘴重新恢復原狀，現在在黃曉芬身前的，只是一名頭髮花白的普通老人。

他坐回太師椅上，端起桌上還冒著些許熱氣的瓷杯，輕啜了一口茶水潤潤喉，才慢條斯理地開口。

「妳知道行燈夜吧？」

黃曉芬機械似地點點頭，這個在村裡流傳許久的習俗，不管大人小孩都知道，她也參加過幾次。但是……行燈夜跟食屍鬼有什麼關聯嗎？

絲毫不在意黃曉芬的內心此時已經陷入一團混亂，歐陽佐放下瓷杯，自顧自地說道，「村子裡以前流傳過一句話，『行燈之夜，家家閉戶，亡者之親，方可提燈，引路燈火，呼之尾隨』。這句話的意思是說，凡是舉辦行燈夜那一天，村人不得在晚上外出，路燈也必須熄掉，唯一可以照亮道路的，就是死者家屬所提的燈籠。不過後面那兩句，妳知道是什麼意思嗎？」

「不就是……引路燈的意思？」黃曉芬乾巴巴地說道，從嘴裡吐出的每個字，都像是被砂紙磨過般，又乾又沙。

歐陽佐瞇起那雙蒼老的眼，笑容滿面說道，「錯了，那是爲了提醒我們吃飯而特地點的燈。」

聽見這一句，黃曉芬猛地從椅子上彈跳起來，不敢置信地瞪著歐陽佐，「你騙人！紅葉村不可能容許這種事發生！」

「我沒騙人。」

歐陽佐淡淡說道，像是沒看見黃曉芬憤怒又害怕的眼神，只是自顧自地端起杯子喝了一口茶。

「紅葉村必須容許這種事發生，因爲全村的人都靠歐陽家吃飯。只是犧牲幾具屍體，就可以換來安樂的生活，誰不願意呢？妳如果不信，可以再帶著那個老師去挖墳，看看其他的墳墓。不過……」

他頓了頓，從嘴角扯出不懷好意的笑容。

「那些屍體可能已經被我吃光了。」

「你到底是什麼……」黃曉芬如同被抽乾力氣似的，虛弱地跌坐在椅子上，茫茫然問道，「爲什麼要吃屍體？爲什麼……會出現在紅葉村？」

「我們出現在紅葉村？曉芬，妳說錯了，是我們歐陽家建立了紅葉村。」歐陽佐低啞笑道，「至於我們是什麼，爲什麼要吃屍體，那個老師所創造的稱呼，不是已經告訴妳答案了嗎？」

黃曉芬駭然地瞪大眼，她看見歐陽佐眼神和藹、笑容可親地說道：

「我們是鬼一族啊。」

同時間，另一棟房子裡，有著蓬鬆短髮及蘋果臉頰的歐陽若踢著短短的腿，坐在散亂著厚重書籍和紙張的客廳裡，那雙靈活而黑亮的大眼睛正好奇轉動著。

「若若，叔叔去廚房拿點心跟飲料給妳，這段時間妳先幫叔叔一個忙，好不好？」許俊良削瘦的臉孔上堆出和善的笑容，輕聲詢問。

「什麼忙？」歐陽若歪著頭，一雙大眼睛感興趣地眨呀眨。

「待會啊，叔叔要跟妳討論一件很重要的事，這是我們兩個人的祕密，不能讓其他人知道，所以妳可以先替叔叔鎖上窗戶、拉上窗簾嗎？」

「好啊好啊。」歐陽若點點頭，如同被那種充滿祕密的氣氛渲染，興奮地從位子上跳起來。

許俊良轉身進入廚房，她便咚咚咚地跑到窗戶邊，努力踮起腳尖，刷的一聲將厚重的窗簾拉起。

爲了避免有所遺漏，她還特地看了一圈，確定所有窗簾都被拉上，透不進一絲陽光之後，才心滿意足地回到椅子上坐好。

從廚房裡瞥見歐陽若乖巧的舉動後，許俊良滿意地笑了笑，不過端著托盤的手指卻有些壓抑不住的顫抖。

那杯放置在托盤上的紅茶裡，已經被下了安眠藥，迷昏一個小女孩，綽綽有餘。

許俊良深呼吸幾口氣穩定心神，緊緊端著托盤，從廚房裡走出來。

一看到那些小巧精緻的蛋糕和餅乾，歐陽若眼睛頓時亮了起來，雖然兩隻小手還放在身邊，但上半身已不受控制地探出來。

「看起來好好吃喔，都是要給若若的嗎？」小巧的鼻子嗅了嗅，被那絲甜滋滋的香味勾動了食欲。

「這些都是要給若若的沒錯。」許俊良微笑地放下托盤，先將紅茶遞出去，才將那些小蛋糕依序擺在桌面上。

歐陽若雖然接過了紅茶，不過心思顯然都被蛋糕拉過去，大眼睛緊緊瞅著那些點心。

許俊良臉上笑意不變，隨意拉了一張椅子在歐陽若對面坐下，但視線卻鎖著她手裡的杯子不放。眼見歐陽若只顧著拿起蛋糕吃，他也不急，狀似隨意地開口問道。

「若若，妳知道妳爺爺晚上都在做什麼嗎？」

歐陽若先是狐疑地張大眼睛，隨後突然露出了興奮不已的表情，「叔叔，你要說的是阿公的祕密嗎？」

「這個……」沒想到小孩子的個性那麼直接，本來想要繞一下話題，這下子許俊良只能尷尬地笑了笑。

歐陽若舔舔手指上的奶油，「阿公晚上喜歡去朋友家泡茶，不然就是在客廳看電視。」

「除了這些以外，妳爺爺有沒有比較奇怪的舉動？」許俊良誘導地詢問，「例如在半夜出去之類的。」

「半夜出去會很奇怪嗎？」歐陽若的大眼睛浮現不解，睫毛搧了搧。

許俊良沒有直接回答這個問題，反而換了另一個話題，「若若，妳知道爺爺喜歡吃什麼嗎？」

「阿公喜歡吃那些綠綠的菜，還有白飯，不過他不太喜歡吃肉。」

「不喜歡吃肉？」許俊良呼吸一窒，彷彿可以從這句話嗅到一絲不對勁的味道，忍不住探出身子湊向歐陽若。

「嗯嗯。」歐陽若邊說邊點頭，「爺爺不喜歡吃雞、吃牛、吃豬，喔，還有吃魚。不過若若也不喜歡。」

許俊良毫不在意歐陽若後半段的自言自語，小孩子總是喜歡吃零食勝過正餐，他在意的是歐陽佐的飲食習慣。

「妳爺爺看到那些肉，會露出什麼樣的表情？」

「他會不高興地推開盤子。」歐陽若做出將托盤推開的動作，小臉露出不高興的表情，隨即又嘻嘻一笑，「就像這樣。」

「若若，妳知道爺爺最近哪幾天在半夜出門過嗎？」許俊良吞了吞口水，手指無意識地絞緊。如果歐陽佐最近半夜出門的日子，是選在他妻子出殯後，那麼他就有百分之百的把握了。曉芬的說詞是一個證明，但他還需要更多證明。

但聽見這句話的歐陽若，卻不高興地鼓起腮幫子，氣呼呼說道，「叔叔騙人，你不是說要講祕密嗎？為什麼一直問若若問題？」

「叔叔當然會跟若若講祕密。」許俊良安撫著說，「只是先問幾個問題而已。不然這樣好了，我去廚房再拿一些點心出來，冰箱裡還有果汁，若若喜歡喝果汁嗎？」

「喜歡！若若最喜歡柳橙汁了！」歐陽若的心思又被點心吸引，腮幫子也不鼓了。

「那若若要把紅茶先喝掉，叔叔才可以拿果汁給妳啊。」

「若若會乖乖喝掉的。」歐陽若捧著杯子，將杯緣湊到嘴邊，大大的眼睛還不時瞅著許俊良，「叔叔，巧克力餅乾也要多拿一點喔。」

「好。」許俊良含笑說道，雖然臉上表情平靜，但心臟卻不受控制地急速跳動。他拿起桌上的托盤，腳步毫無遲疑地走進廚房。

許俊良從冰箱裡拿出一壺果汁，嘴角無法控制地揚起。他又從櫃子裡拿出一些餅乾，便懷著緊張期待的心情走向客廳。

當他回到歐陽若對面坐下，便看見那名有著蓬鬆短髮的小女孩正一手揉著眼睛，一手掩著嘴打呵欠，桌面上還放著一只空杯。

「若若，妳怎麼了？想睡覺了嗎？」許俊良心底一喜，卻故作訝異地詢問，頓時便看見小女孩點點頭，眼皮不斷往下掉，雖然想要強自撐起，卻掩不住臉上的濃濃睡意。

「哈啊……若若突然覺得好想睡……」歐陽若忍不住又打了一個呵欠，聲音越來越小，眼睛越瞇越細，最後完全闔上，如同陷入昏睡一般。

許俊良幾乎屏著呼吸注視這一切，打從在街上看到這名小女孩，他的腦海就不受控制地浮現了一個猜測。

既然歐陽佐的真實身分是食屍鬼，那麼……擁有他基因的後代，會不會也是食屍鬼？

這個念頭就像滾雪球般越滾越大，讓他終於無法壓抑心中的渴望，將歐陽若帶回家。

看著呼吸平順、睡顏無邪的歐陽若，許俊良顫顫地伸出手，想要碰觸她的臉頰，卻看見那雙大眼睛猛地睜開來，筆直注視自己，然後，彎成了新月狀。紅潤的嘴唇咧開來，從裡頭吐出歡快的清脆童音。

「騙你的～」

下一秒，許俊良只覺得右手一痛，彷彿被火灼燒到，他不禁反射性低下頭，卻駭然見到自己的手掌已經少掉一塊肉，暗紅液體彷彿紅水渲染在畫布上，很快將他的整隻手掌染紅。

「啊啊……」許俊良不敢置信地張著嘴，從喉嚨裡擠出痛苦的嘶氣聲。他胡亂地想要伸手抽幾張衛生紙壓住鮮血直流的傷口，卻在伸出的瞬間，一截食指驀地消失……

眼前發生的一切如此觸目驚心，許俊良痛苦地捧著那隻少了食指的手掌，削瘦的臉孔扭曲成一團。

喀滋喀滋的咀嚼聲從前方傳來，許俊良驚駭地抬起頭，卻看見有著蓬鬆短髮、蘋果臉頰的小女孩坐在椅子上，悠閒地踢著雙腳，嘴裡正咬著什麼。

彷彿察覺到他充滿恐懼的視線，歐陽若笑嘻嘻地張開嘴，小小的手指伸進嘴裡，拿出一截指骨。

「叔叔，你的手指頭眞好吃。」歐陽若舔舔嘴唇，天眞笑道，「比你養的那隻狗狗好吃太多了……啊，沒錯，若若討厭那個，又苦又不好吃，而且咬起來好硬。」

許俊良驚駭地瞪大眼，一口涼氣哽在喉嚨裡，讓他的說話能力像是被剝奪掉般，只能顫抖地蠕動著嘴唇。

歐陽若笑嘻嘻地往前走了一步，她的右手甩出五道尖尖的指甲。

許俊良恐懼地想要往後退，但他忘記自己的後方是椅背，結果因爲過大的力道，連人帶椅翻倒在地。

歐陽若又往前走了一步，左手甩出五道尖尖的指甲。

「叔叔，你家的狗狗不好吃，不過那位阿姨的肉倒是勉勉強強，雖然帶著一點苦苦的藥味。」歐陽若眨著大眼睛，在燈光映照下，尖尖的指甲彷彿鍍上一層金屬光澤。

「哪、哪位阿姨……」許俊良艱難地吞著口水，兩隻手撐著地板，拚命想要往後退，但四肢卻像被奪走了力氣，只能眼睜睜看著蓬鬆頭髮、蘋果臉頰的小女孩一步步逼近。

「嘻嘻。叔叔，你不是想要引出阿公，所以才讓那位阿姨，啊，不對，應該說是叔叔的太太才對。」歐陽若笑眯著眼，紅潤的小嘴吐出甜甜童音，「她的身體裡有苦苦的藥味，阿公說那個叫安眠藥。」

歐陽若踩著小巧的皮鞋，停在許俊良前方，由上而下俯視著。

「叔叔，你不惜讓你的太太吃下那麼多安眠藥，也要見到我們，現在你的願望已經達成了，那你是不是要回報一下達成你願望的若若呢？」

許俊良嘶著氣，全身顫抖得如同寒風中的落葉，他想要逃離小女孩身邊，兩隻腳卻無法動彈。

就在眨眼瞬間，歐陽若已經笑嘻嘻地揮下尖尖的指甲，從他的腳踝上撕裂一塊肌肉。皮膚連著血肉被硬生生扯下的痛楚，讓許俊良哀號出聲，匯聚在背部的汗水將他的衣服打濕。

歐陽若低頭看著垂掛在指尖的肉塊，毫不在意地甩了出去。只是舔舔手指上的鮮血，小臉上綻放出愉悅的笑容。

許俊良絕望地睜大眼，那雙驚恐的眼睛裡倒映出小女孩天真無邪的臉龐。

「爲……爲什麼，你們不是只吃屍體嗎？」

聽見他抖著嗓音的問話，歐陽若晃著腦袋，笑嘻嘻地開口，「叔叔，若若告訴你一個祕密，其實啊……」

她又往前走了一步，亮晶晶的小皮鞋踏上許俊良的身體，彷彿沒有聽到那泛著恐懼的悲鳴聲。

「若若不能算是完全的食屍鬼喔，如果用你們人類的話來稱呼，若若應該被叫作——」

歐陽若愉快地咧著嘴，在許俊良駭然的注視下，紅潤的嘴唇越咧越大，不斷向兩頰邊延伸，彷彿掛在天空上的新月一般，拉出一道橫裂半張臉的可怕口子。

「——食人鬼。」

當清脆童音落在幽閉的空間裡，許俊良只能眼睜睜看著十根尖尖指甲朝自己身體落下。

小小的身子就這樣跨坐在他身上，興高采烈地製造著一道又一道慘不忍睹的可怖傷口，大大的眼睛彎成了新月狀，唱起在紅葉村廣爲流傳的童謠。

「呀啊，紅葉村的鬼啊鬼，有著尖尖的牙齒、大大的嘴，在提著燈籠的夜晚他們會出現。吃飯了吃飯，提燈的人這樣叫，紅葉村的鬼啊鬼，高高興興地跟上來，挖開墳墓，吃掉屍體，啊，多麼幸福的鬼～」

許俊良身體抽搐，那不斷傳來的痛楚太過可怕，讓他連喊叫的力氣都逐漸喪失，只能絕望地感受生命一點一滴地消逝。

歐陽若依舊唱著歌，稚嫩的清脆童音迴盪在客廳裡，在空氣中激出一圈圈漣漪。

「時間一天天過去了，紅葉村的鬼啊鬼，食量越來越大了，吃吧吃吧吃屍體，吃吧吃吧吃村人，把村子裡的人全部吃光光，吃光光——嘻嘻嘻哈哈哈哈！！」

歐陽若挖開了男人的胸口，咧著嘴大笑起來。

第九章

當黑夜完全吞噬掉玫瑰色晚霞，歐陽家偌大的客廳裡只有歐陽明一個人在看電視。他手裡抓著洋芋片，喀嚓喀嚓地吃著，其他人都待在房裡，或是在看書、或是在聊天——因爲歐陽明正在吃的洋芋片是榴槤口味，可怕的味道讓所有人不願意接近。

不過，歐陽明倒是毫不在意，一個人咬著洋芋片，胖胖的手指握著遙控器，一台台切換頻道。就在他看綜藝節目看得目不轉睛的時候，大門忽然被人推開，披著薄外套的歐陽若走進屋子裡，隨即被那空氣中的詭異味道嗆得捏起鼻子。

「好臭，這是什麼味道，臭死人了！」歐陽若氣呼呼地大喊，覺得方才的好食欲消失得無影無蹤。

「啊，若若妳回來了啊。今天怎麼這麼晚？大家都吃過晚餐了耶。」歐陽明轉過頭看著妹妹，一邊抓起餅乾塞入嘴裡，一邊問道。

「若若早就吃飽了，不用你多管閒事。」歐陽若嫌惡地看著怪異味道的源頭，不禁豎起眉毛，「快點把那包東西丟掉啦，很臭耶！」

「會嗎?我覺得很好吃啊，若若妳要不要也來一片?」歐陽明笑呵呵地遞了一片洋芋片過去，卻被對方小手一把揮掉。

「若若才不想吃那個!」歐陽若不高興地鼓起腮幫子，跺著腳喊。

「妳不喜歡吃喔?」歐陽明看著掉在地上的餅乾，露出了惋惜，彎下胖胖的身體，正準備撿起來的時候，一隻小腳卻當著他的面踩碎餅乾。

「若若，這樣地板會髒，不好整理。」歐陽明好脾氣地說著，絲毫沒有動怒。

「討厭討厭，若若看到你就討厭!哥哥了不起嗎?只不過比若若早出生幾年而已，若若才是歐陽家最重要的人!」歐陽若揮舞著小拳頭，朝歐陽明齜牙咧嘴。

「若若，不可以對妳哥哥沒禮貌。」

一道蒼老卻帶著威嚴的聲音從樓梯口響起，歐陽若嚇了一跳，縮起肩膀，往樓梯看去。

歐陽佐表情和藹，眼底卻有一絲嚴厲，讓歐陽若不滿地癟著小嘴，踢著小小的腳尖。

「阿公壞壞，都不疼若若，明明若若才是歐陽家最、最重要的人。」

「若若當然很重要，不過阿明可是妳的哥哥，怎麼可以對他沒大沒小呢?」

歐陽佐一步步走下樓梯，來到兩兄妹面前，彎下腰，摸了摸歐陽若的頭髮。

「好了，若若，以後不可以對妳哥哥這樣，對妳哥哥的同學也要有禮貌，絕對不可以亂來，不然阿公會生氣的。阿公一生氣，會把妳關起來，就算妳哭著道歉也不會放妳出來。」

歐陽若心不甘、情不願地點點頭，不高興地瞪了歐陽明一眼，隨即踩著重重的腳步，頭也不回地跑掉。

「眞的是……太寵她了。」歐陽佐無奈地笑了笑，看向一臉好脾氣的孫子，「阿明啊，你不要對若若生氣。」

「哈哈，阿公，這又沒什麼好生氣的。」歐陽明不以爲意地說道，「我跟若若的感情沒有好到可以對她生氣的地步，這種事不用在意。」他擺了擺手，坐回椅子上，繼續吃著洋芋片，看起綜藝節目。

歐陽佐嘆了口氣，搖搖頭，雙手負在身後往廚房走去。不過走沒幾步，忽地回過頭，眉頭還是忍不住皺了起來，「阿明啊，你那個餅乾的味道眞的很不好聞，下次記得要買別種口味。」

晚上發生的小插曲歐陽明並沒有放在心上，夏春秋等人就更加不得而知了。不過一個人待在房裡的歐陽若卻顯得有些不高興，悶悶地坐在床鋪上，揪著兔子玩偶的耳朵發洩情緒。

她甩了下左手，頓時露出五根尖尖的指甲，往兔子玩偶的身體抓下去。撲滋一聲，棉花飛得到處都是，原本看起來胖乎乎的兔子頓時扁掉不少。

歐陽若漫不經心地甩開那隻面目全非的兔子玩偶，又抓起床頭櫃上的小熊布偶，尖尖的指甲劃下去，將布偶的肚皮剖開來。

看著地上散落的棉花，歐陽若的心情似乎好了不少。她踢著短短的腿，圓亮的大眼睛轉向窗外。深夜的月色顯得格外朦朧，淺淺銀光灑落在地板上，彷彿傾倒了一盆珍珠。

歐陽若眨眨眼，紅潤的小舌舔著嘴唇，她覺得肚子又餓了，下午的食物已經消化完畢，彷彿可以聽見自己的胃正在叫囂。

爲什麼會變得這麼容易餓呢？以前明明不會這樣。

她摸了摸肚子，視線忍不住往天花板看過去。

三樓住著兄長的同學，其中最讓她在意的，就是身上散發著香甜味道的夏家兄妹。

好香，實在太香了，她每次聞著聞著，都好想一口咬上去。

但她也知道，現在還不是時候。如果這時對那些人下手，那麼，紅葉村的人就會將注意力從野獸出沒轉移到其他方向。

最糟糕的是，察覺到她的存在。

「這可不行。」歐陽若搖搖頭，可愛臉龐露出傷腦筋的表情，「若若還沒有吃飽呢。」

歐陽若又瞥了窗外一眼，抿著小嘴思索一會，隨即跳下床，躡腳走到門前，將門扉拉開一道縫隙，探出頭觀看走廊動靜。

走廊靜悄悄的，沒看到半個人影，她將門再拉開一些，讓自己可以鑽出去。

現在是晚上十二點多，整棟房子安安靜靜、聽不到一絲聲音，只有窗外的蟲鳴唧唧響起。

歐陽若小心翼翼走過兄長與爺爺的房間，一邊走一邊豎起耳朵聽，確定二樓沒有絲毫動靜後，才將腳步聲壓到最低，提起睡衣裙襬走下樓。

一樓同樣一片寧靜，歐陽若先是東張西望一會兒，讓視線適應黑暗後，隨即走向玄關。

大門已經上鎖，她輕輕踮起腳尖，五根手指緊緊貼附在金屬製的門把上，緩緩一轉。

雖然已經把力道放到最輕，但鎖釦彈跳的聲音還是不可避免地迴盪在客廳中。歐陽若快速回頭望了一眼，當有其他人住在歐陽家的時候，任何謹慎都是必須的。

確定沒有看到半個人影後，歐陽若慢慢拉開大門，晚風頓時鑽了進來。

她彎身套上鞋子，悄悄掩上門，不發出一絲聲響便離開了自家大宅。

月色照耀下，紅潤的蘋果臉蛋布滿了歡快，小小的嘴唇也不禁咧了開來，露出裡頭森白的牙齒。

歐陽若沒有注意到，三樓的窗戶，有雙眼睛正注視著她。

窗外月色朦朧，入夜的村子很安靜，幾乎聽不到絲毫聲音，除了偶爾響起的蟲鳴聲。

明明是這麼沉寂的夜晚，但夏春秋像是被什麼驚醒一樣，猛地睜開眼睛，怔怔看著天花板，似乎不知道自己爲什麼會突然醒來。

那是彷彿睡意被剝奪的感覺，雖然身體還充斥著睡眠所帶來的慵懶感，但神智卻是清醒的。他試著想重新沉入夢鄉，然而就算閉上眼，卻始終搜尋不到一絲睡意。

夏春秋將放在枕頭邊的手機拿到眼前，解開螢幕鎖一看，半夜十二點多，在這個時候睡不著覺，實在讓人很苦惱。

夏春秋側過身子看向一旁，蜷著身子縮成一團的夏蘿，正發出輕微鼻息，不過原本蓋在身上的棉被，卻被踢到了床尾。

夏春秋微微一笑，伸手拉來棉被，替夏蘿掖好被角，這才輕手輕腳地下床，慢慢走到窗前。

夏春秋原本想打開窗戶，讓房裡通通風，沒想到當他掀起窗簾，卻看到一抹嬌小身影從屋子裡走出去，一邊走，一邊還不時回頭張望。

在月光映照下，他看見了那張熟悉的無邪臉龐。

「若若？」夏春秋訝異地低喃，忍不住將窗戶打開、探出身子，想要更仔細地瞧清楚，卻發現歐陽若竟是往後山方向前進。

在這種夜深人靜的時候，一個小女孩在外面遊蕩太危險了，更何況……夏春秋想起了發生在後山的悲劇。他抿著嘴唇，匆匆抓起外套和手機就要往外走，但一道帶著睡意的稚氣嗓音卻喊停了他的步伐。

「哥哥，你要去哪裡？」

夏蘿揉著眼睛從被窩裡坐起，那張蒼白小臉透出一抹睏倦，顯然還迷迷糊糊的。

「小蘿乖，妳再回去睡一下，哥哥要去找若若，等下就回來了。」夏春秋輕聲安撫。

「找若若？」夏蘿放下揉著眼睛的小手，困惑地問。

夏春秋這次沒有回答，他從唇邊扯出一抹要妹妹放心的微笑，隨即迅速離開房間。

他的腦海裡只盤旋著那抹消失在夜色中的身影，渾然忘記自己可以尋求其他人的協助。他腳步倉促地跑向玄關，胡亂套上鞋子後，一把拉開大門，便往深黯夜色衝了出去。

被留在房裡的夏蘿怔怔地看著半掩的門板，濃濃睡意讓她思考遲鈍了下來，好半晌後，才意識到兄長的舉動代表什麼意思。

下一秒，顧不得自己只穿著睡衣、還赤著腳，她慌慌張張跑出房間，在走廊上製造出略顯凌亂的奔跑聲。

「哥哥！哥哥！」夏蘿著急地邊跑邊喊，她的聲音劃破安靜的夜晚，熟睡中的人紛紛驚醒。

左易房裡最先傳出暴躁的咒罵聲，隨著低啞聲音越來越近，木製門板猛地被人粗暴拉開，露出一張繃著表情的俊美臉龐。

只要認識左易的人都知道，他不只有嚴重的起床氣還有低血壓，非常厭惡睡到一半時被人吵醒。

「吵什麼吵，不知道有人在睡覺嗎？」左易厲著一雙狹長的眼，惡狠狠低吼著，但看見夏蘿光著腳丫要跑下樓梯，他立即斂去臉上的險惡神色，一把撈住對方。

「小不點，妳在幹什麼？」

瞬間被人箝制住行動的感覺，讓夏蘿下意識掙扎起來，然而聽見響在耳邊的低啞嗓音之後，她頓時停下動作，黑幽幽的大眼睛看向左易，小嘴張了張，卻一時之間吐不出半個字，只能發出細細的氣聲。

「誰啊？大半夜不睡覺的，吵什麼吵？」帶著不滿的嬌軟聲音從後方響起，只見葉心恬擰起秀麗的眉，那張明媚臉孔滿是不高興。

跟在葉心恬身旁的，則是散著長髮的林綾，那雙知性美眸在看見走廊上的夏蘿與左易之後，流露出一絲詫異。

走廊最前方的房門也被打開，左容表情凝重地走向夏蘿，彎下身子，和左易同樣細長的眼瞇了起來。

「妳哥哥，春秋怎麼了嗎？」左容嗓音偏低，卻可以從裡頭感受到擔憂，顯然是聽到了方才的呼喊聲。

「哥哥說要去找若若。」夏蘿抓著左易的衣角，急切說道。

「找若若？」葉心恬掩嘴打呵欠的動作一頓，像是覺得不可思議地開口，「那個小鬼不是應該在房裡睡覺嗎？」

「夏蘿不知道。」搖了搖頭，夏蘿的表情有些迷茫，「哥哥站在窗戶前，好像看到什麼，就突然抓起外套往外跑。」

「是嗎？」左容語焉不詳地說了兩個字，站直身體，俐落束起披散在背後的長髮，在眾人注視下，匆匆回房拿了手機，隨即頭也不回地跑下樓梯。

「白痴，就這樣跑走了，是要靠直覺去找人嗎？」左易耙了耙紅髮，沒好氣地撇了下唇角。他將夏蘿放到地上，朝後方的林綾與葉心恬喊道，「喂，妳們兩個，小不點就交給妳們照顧了。」

「夏蘿要去找哥哥。」聽到左易這樣吩咐，夏蘿固執地搖搖頭。

「妳給我好好待著，我會幫妳把哥哥帶回來。」左易惡聲惡氣地說道，接著看向林綾與葉心恬，從唇角拉出一抹猙獰的弧度，「如果敢讓小不點亂跑，小心我對妳們不客氣。」

「你從頭到尾都沒有客氣過吧！」葉心恬氣呼呼地回嘴，但在看見夏蘿眼裡的慌張後，口氣不禁軟了下來，朝夏蘿招招手，「來，小蘿，過來姊姊這邊。不用擔心，他們會帶回妳哥哥和若若的。」

「可是……」夏蘿躊躇地站在原地，一時不知該怎麼辦。

「妳不相信我嗎，小不點？」左易挑高眉毛，表情險惡地問道。

夏蘿搖搖頭，她相信左易，但心底總有一股不安的感覺，好像有什麼即將要發生。

「放心吧，小蘿。」林綾向前走了幾步，微笑著蹲下身子與夏蘿平視，「妳哥哥不會有事的。」

夏蘿咬著嘴唇，但緊緊握著的小拳頭卻逐漸鬆開來，林綾知道這是夏蘿妥協了。

她摸摸夏蘿的頭，又轉而看向高個子的紅髮少年，眼裡閃爍著高深莫測的光芒，「左易，你覺得紅葉村哪個地方曾讓你覺得不對勁？」

左易眼神瞬間一沉，他想起了帶著夏蘿前往後山時，在岔路上看到的藍、紅圓珠子。

「去那個地方找他們吧。」林綾發出彷彿嘆息般的聲音。

左易連應一聲都懶，動作俐落地從欄杆處翻下去，在葉心恬的驚呼聲中，輕巧地躍至二樓走廊。

雖然左易的動作找不出可以挑剔的地方，但落在恰好打開房門的歐陽明與花忍冬眼中，卻結結實實嚇了他們一跳。畢竟他們沒有預料到從房裡探出頭觀望，會有一道身影從上方跳下來。

「左、左易？」歐陽明結結巴巴地喊著同學的名字，拿著手機充當照明的手指有點抖。如果不是那頭囂張的暗紅髮色，他或許會被嚇到尖叫出來。

「左易，你們三樓是在吵什麼……人家好像有聽到小蘿的聲音。」經過幾秒的緩衝時間後，花忍冬的心情已平復下來，朝紅髮少年投去一記納悶的眼色。

左易冷冷瞥了他們一眼，原本舉步就要往樓梯走，但他像是想到了什麼，忽地大步走向花忍冬與歐陽明，在兩人不解的注視下，一手扯住一人的衣領，硬生生將他們拖著走。

「你們兩個，跟我去找人。」

「左易，放、放手……再不放手人家會被勒死……」花忍冬哀叫連連，試圖撥開左易勁道凶狠的手指。雖然擁有一身怪力，但在面對左易猙獰的表情時，花忍冬卻不敢亂來，只能被強制性地拖往樓梯口。

「左易，有話、有話好好說嘛……」同樣被勒到快沒氣的歐陽明勉強擠出笑容，仔細一看，還會發現那雙小眼睛裡有淚水在打轉。

左易不耐煩地彈了下舌頭，總算鬆開兩人，還給他們呼吸新鮮空氣的權利。不過在看見他們靠著牆拚命喘氣、卻沒有半點動作後，眼神瞬間又厲了起來。

「不要拖拖拉拉的，動作快一點！」

在左易的瞪視下，歐陽明與花忍冬不敢有絲毫遲疑，慌張地追上他的步伐，走出屋子，一邊走一邊發出連珠砲的疑問。

「左易，這麼晚了你要去找誰？紅葉村有你認識的人嗎？」

「不要一直不說話啊，左易，好歹人家都跟你出來了，給個答覆行不行啊？」

被問得煩不勝煩的左易回頭瞪了他們一眼，陰鷙的眼神瞬間讓兩人閉上嘴。回歸安靜後，左易的心情勉強不那麼暴躁了，他撇撇唇，沒好氣地說道。

「要去找夏春秋跟你妹妹。」

「我妹妹？」歐陽明聽到這句，頓時愣了下，原本前進的腳步不由得停下，「你說……若若？」

「那個小鬼半夜跑出去，夏春秋去追人了。」左易眼裡毫不掩飾對他們慢半拍反應的嫌棄，他看向花忍冬，「喂，你，把這傢伙顧好，不要讓他的動作慢下來，我先去後山那邊看看情況。」

「哪個後山？」花忍冬下意識反問，不過一問出口，瞬間恍然大悟，「不會吧，他們跑去那個死過人的後山？」

「花花。」歐陽明難得嚴肅了聲音。

「啊，抱歉抱歉，人家不是故意的。」花忍冬連忙捂住嘴，不讓自己說出失禮的話。

左易才懶得搭理身後兩人，他抬眼環視院子一圈，隨即像是被什麼吸引了注意力，邁步走去。

花忍冬忍不住嚥了嚥口水，他看見左易拿起斜放在牆邊的木柄樹剪，那是專門用來剪斷樹木枝條的大型剪刀。

「左、左易，用這個當武器會不會太可怕了？」

但左易並沒有回答花忍冬的問題，他一手撈起樹剪，一手拿出手機打給左容。

「去後山。」

他簡潔拋出這三個字，隨即頭也不回地朝著幽靜夜色跑去，矯健的步伐很快就將花忍冬和歐陽明遠遠地拋在後面。

「花花，現在我們怎麼辦？」歐陽明不知所措地問

「笨啊，當然是追上去了。」花忍冬敲了同學的頭頂一記，隨即用力拽著歐陽明的手臂，不由分說地拖出院子，尾隨在左易的身影後。

正當左易三人朝後山趕去，葉心恬已將夏蘿帶回房裡，將她安置在床上輕聲安慰著；林綾則是站在三樓欄杆前，那雙似水眼眸正俯視著從房裡慢條斯理走出來的歐陽佐。

「歐陽爺爺。」林綾嗓音婉約悅耳，如水波蕩漾在空氣中。

「喔，林綾啊。」歐陽佐抬起頭，對上女孩那張秀氣的臉孔，乾癟的嘴唇微微咧開，拉出一抹歉意的笑，「不好意思啊，若若好像給你們添麻煩了。」

林綾眼角微微彎起，淡色嘴唇讓人聯想到櫻花的顏色。這個秀美的女孩只是綻出淺淺的笑，然後緩緩走下樓，來到歐陽佐所在的二樓。

「原來歐陽爺爺已經知道發生什麼事了。」林綾的語氣像是詢問，卻又帶著不容置疑的

肯定，「那麼您也知道若若會去哪裡，對吧？」

「哎呀哎呀，沒想到妳的觀察那麼敏銳。」歐陽佐不以爲意地笑著，蒼老的臉孔因爲笑意，讓那些刻劃著歲月的皺紋都聚在一塊。他雙手負在身後，一步一步往一樓大廳走去。

林綾安靜地跟在身後。

來到黑漆漆的客廳，歐陽佐打開電燈，讓光線驅走黑暗，還給室內一片明亮。隨即慢吞吞地提起茶几上的水壺放到電磁爐上，等待開水燒好的期間，他坐上太師椅，枯槁的手指輕輕敲著扶手，抬眼看向同樣坐下的林綾。

「趁那幾個孩子都不在，我們就打開天窗說亮話吧。」歐陽佐沙啞說道，那雙矍鑠的眼盯著林綾，「妳知道了多少？」

「其實不太多。」林綾雙手放在膝蓋上，坐姿端正優雅，背脊挺直，「唯一能確定的，就是爺爺您跟若若的身分。」

「哦？我們的身分？」歐陽佐呵呵笑了起來，「妳從什麼時候就知道了？」

「第一天來到這裡就知道了。我對味道比較敏感，有時候普通人聞不到的氣味，我卻聞得到。」林綾的眼柔軟地彎了起來，像極了懸掛在夜空的新月，「例如，爺爺您身上的屍臭味，還有若若身上的血腥味。」

聽到這句話，歐陽佐非但不生氣，反而饒有興趣地看向林綾，「妳不怕說出這種話之後，會走不出紅葉村嗎？」

「不會的，爺爺不是吩咐若若不許對我們出手嗎？畢竟我們如果在紅葉村失蹤，爺爺您的祕密就有被揭開的危險了。」林綾神情依舊溫和，婉約的嗓音不疾不徐地陳述事實，「而且爺爺您只對屍體有興趣吧。」

「聰明的小女孩。」歐陽佐又咧著乾癟的唇笑了，「不過妳不擔心妳的朋友嗎？這個時候若若應該是肚子餓了，才會跑去後山，她在山裡藏了點心呢。」

「他們會回來的。」林綾沉靜地說。

放在電磁爐上的水壺這時發出尖銳鳴聲，蒸騰的水氣不斷從壺嘴噴出來，氤氳了兩人的視線。

歐陽佐將一小撮茶葉放進紫砂壺裡，再倒入燒開的熱水，不一會兒，淡淡茶香已繚繞在空氣中。

歐陽佐動作輕緩地斟了杯熱茶給林綾，卻沒有替自己倒上一杯，反倒從太師椅站起來。

「好了，喝完茶就上去休息吧。」歐陽佐瞇了瞇滿是皺紋的眼角，和藹說著，「我得去處理一下家務事才行。」

林綾輕啜香醇的熱茶，安靜的姿態，好似連一絲詢問的欲望也沒有。

歐陽佐習慣性地將雙手負在身後，朝玄關走了幾步，又像突然想到什麼，回頭問道。

「林綾，妳剛剛說可以聞到我身上的味道，對吧？」

有著白皙面孔的女孩放下手中杯子，點了點頭，唇邊是恬淡的微笑。

歐陽佐表情初次露出了困惑，「眞是奇怪，妳的身上……爲什麼沒有任何味道呢？」

林綾唇角微微上揚，細白的食指豎立在唇瓣前。

「這是，祕密。」

第十章

夜色籠罩下，巍峨高聳的後山散發出一股陰森森的氛圍，遠遠看去，彷彿蓄勢待發的獸，正準備一口吞噬掉擅闖的人。

細細的風聲不斷颳過耳邊，鞋子踩在泥土上的悶悶聲響，一下子就被黑夜吸收，離村子越來越遠的夏春秋已經看不到堆著稻草堆的農田，取而代之的是越來越多楓樹。繁茂的枝葉就像一蓬蓬巨大傘蓋，交錯疊加，稀薄的月光即使從葉隙間落下，也難以帶來有用的照明。

看著一頭蓬鬆短髮的小女孩義無反顧地鑽過拉起的警戒線，跑進後山、跑上那條蜿蜒向上的小路，夏春秋被她大膽的舉動駭得一顆心都要跳出來。

「若若！停下來！妳不可以進去後山！」夏春秋拔高聲音大喊，「那裡很危險！」

他沒有意識到自己與歐陽若之間總是維持一段不近不遠的距離，好像只差幾步就可以追上，卻又往往在一個急促的喘息間，只能眼睜睜看著對方的身影又縮小了一點。

眼見跑在前方的小女孩好似沒有聽到他的聲音，夏春秋倉促地從口袋裡拿出手機，開啓手電筒的程式，亮白色光束瞬間驅走部分幽暗。

光線照射下，路面顏色顯得更加深沉，瞬間讓人聯想到乾涸的血。

夏春秋忙不迭搖搖頭，他知道一定是發生在後山的可怕事件讓他產生了這個想像，現在不是胡思亂想的時候，他必須盡快找到歐陽若。山裡那麼黑，他不能再耽擱下去了。

「若若！若若！」夏春秋舉著手機，邊跑邊大聲呼喊，聲音在山裡形成回音，卻也因爲被山風模糊了，而顯得有些失眞。

但夏春秋沒有停下叫喚，反而跑得更加賣力，試圖將每個步伐都跨到最大，只求可以縮短兩人的距離。

他的喉嚨很乾，耳朵裡好像在嗡嗡作響，吐出的氣息熾熱得像是要燒起來，突然的高強度奔跑，終究還是消耗掉他本就不好的體力。

跑了好一陣子之後，他不得不停下來，不只因爲他得緩一緩如同壞掉風箱般的肺，還有他的手機照出了前方的兩條岔路。

手電筒的光芒太過蒼白，反而映襯得山裡越顯幽暗，那些被風吹動而搖搖晃晃的枝葉，像是張牙舞爪的怪獸。

夏春秋看著Y字型的岔路，左邊小路一片死寂，瞧不出任何異樣；右側小路則散落著一顆顆紅色糖球，還有不斷往前延伸的小腳印。

「嗚啊啊啊啊——」

如同嬰兒啼哭的刺耳聲音猝然打破山裡的寧靜，夏春秋被這哭聲駭得心驚肉跳，當下毫不猶豫地踏上右側山路。

「嗚啊啊啊啊啊——」

聲音一陣接一陣，一聲拔得比一聲高，擾得他心急如焚，就怕歐陽若出了什麼事。

「喵嗚嗚嗚嗚——」

直到更加可怕的尖嚎如同要刺破耳朵，夏春秋才辨認出那不是嬰兒的哭聲，而是貓發出的淒厲叫聲。他心臟猛地重重跳了一下，一股顫慄爬上背脊，刺激出絲絲涼意。

那是一種危險訊號，警鐘正用力敲響著。

夏春秋緊緊抓著手機，腳步沒有停下，他強忍肺部灼燒的不適感，選擇忽略突如其來的警示。

只有點點月光灑落的後山瀰漫著一股壓抑氛圍，大步走了一段路之後，夏春秋終於發現不對勁。

尖銳的貓叫聲不知何時消失了，森林很靜，靜到像是不存在任何活物。

「若若，妳在哪裡？」夏春秋的心頓時懸了起來，原本謹慎的步伐立即加快速度，重新由走轉為跑。

「若若！若若！」夏春秋呼喊得更急促了。

後山能見度不高，只有微弱月光灑洩在地面，將樹木與人的影子拉得長長的，即使有手機光線充作照明，幽暗仍舊阻撓他前進的速度，遇到拐彎時腳步顯得有些踉蹌。

然而夏春秋卻顧不了那麼多，雖然跑得上氣不接下氣，卻沒停下步伐，不斷往山裡跑。

就在他又拐過一個彎之後，前方景物驀地豁然開朗。並不是月光突然明亮了無數倍，而是本來狹窄的小徑變得寬闊不少。路的一側有棵攔腰折斷的樹木傾倒著，看起來像是曾被落雷劈中，早已乾枯，不見生氣。

傾倒在地的巨大樹幹中央，恰好有個黑幽幽的洞口，歐陽若就坐在洞裡，兩條粉嫩小腿垂晃著。

在一片暗沉顏色之中，有著蓬鬆短鬈髮的小女孩鮮明得像是一道光，大大的眼睛、蘋果般的紅潤臉頰，以及同樣紅得不可思議的嘟翹小嘴。

不只嘴唇，歐陽若的手指和衣服都沾著同樣濃稠的顏色。

然後，夏春秋聞到了味道。濃郁的血腥味竄進鼻間，讓人彷彿有種肺部都浸在鮮血裡的錯覺。

夏春秋怔怔地張著嘴，語言能力這一刻彷彿被剝奪，除了斷續的嘶氣聲，一句話也擠不出來。

他的視線從歐陽若身上往下移，手機的光線也跟著一道傾斜。在他眼前，散落著散發著腥臭味、帶著皮毛的暗紅肉塊；而在地面蜿蜒流動的黏稠液體，就像一幅拙劣的塗鴉，將黃褐的泥土弄得髒亂不堪。

他腳尖前是顆歪斜的小貓頭顱，空洞的眼睛正直直地注視他。

「啊……啊……」夏春秋喉嚨滲出恐懼聲響，胃在翻滾的不適感讓他反射性摀住嘴，卻壓不了想要乾嘔的欲望。他踉蹌後退幾步，被後方的石頭絆倒，一屁股跌坐在地。

「跟蹤是不好的行爲喔，小夏哥哥。」歐陽若踢著腳，看似不開心地皺了皺俏鼻。

「若若妳……」夏春秋顫著聲音，兩隻手撐在地上，想要往後退去，雙腿卻像被釘住一樣，無法動彈，只能眼睜睜看著對方從枯木的洞緣跳下來，朝他越走越近。

「怎麼可以偷偷跑來後山呢？大人不是說過，這裡很危險。」歐陽若擺出了小大人的姿態，雙手扠腰，故作生氣地繃起臉。

「妳做了什麼？妳爲什麼要……」夏春秋的聲音乾啞得像是被砂紙磨過，後半截的話沒有吐出來，他甚至不知該如何開口，眼睛死死盯著對方過於艷紅的小嘴。

妳殺了那隻貓？妳吃了那隻貓？

每個假設都讓他感覺冷意從腳底直竄心窩。

夏春秋震驚恐懼的模樣似乎取悅了歐陽若，那張小臉蛋再也繃不住，眉眼愉快地舒展開來，露出天真討喜的笑容。

「因為若若肚子餓了啊。」

歐陽若停在夏春秋腳尖前，看向被撕扯得只剩半截的小貓頭顱。

夏春秋茫然地看著地上血淋淋的肉塊，還有薑黃色貓毛，隨後緩緩抬起頭，注視歐陽若那張無邪的稚氣臉孔，一個可怕的猜測滑過腦海，讓他禁不住打了個冷顫。

「田裡的那隻狗，還有後山的三個小孩，也是妳……嗎？」

「田裡的狗狗不是若若弄壞的喔，是……」歐陽若本來想要說出歐陽佐的名字，但想了想，還是嚥回去，只是細聲細氣地說，「那隻狗狗原本是要給若若吃的，可是牠的肉好老，若若也討厭那個味道，所以就把牠掛在稻草人上。啊，一安、一飛跟寧寧就很好吃，香香甜甜的。」

歐陽若的聲音歡快又悅耳，夏春秋卻發出了彷彿被掐住脖子般的呻吟，全身控制不住地哆嗦起來。

他眼底映入了小女孩逐漸咧開的嘴，就像是在夜空中撕開一道長長口子，嘴巴越咧越大，一直拉到耳際，露出裡頭森白的牙齒與紅紅的舌頭。

「小夏哥哥，跟你說喔，若若其實沒有吃飽耶。」

清脆的童音迴盪在森林中，歐陽若小手一甩，五根尖尖的指甲頓時露了出來，泛著銳利的光澤。

夏春秋驚懼地注視著眼前似人非人的小女孩，彷彿看到一頭褪掉人類外皮的獸正磨著爪子，大大的眼睛透出暴虐的貪欲。

「所以，你讓若若吃掉好不好？」

歐陽若甜甜地笑著，尖利的指甲猛地朝夏春秋揮下。

夜色很沉很寂，被夢鄉籠罩的紅葉村安安靜靜。鑲在建築物上的窗子一片漆黑，沒有絲毫光線，只有路燈散發出昏黃光暈，將奔跑中的左容的影子拉得極長。

被長褲包裹的修長雙腿敏捷地跨出步伐，鞋尖沾地後又立刻躍起，長長的馬尾被風拉出俐落的弧線。

當左容追出巷子口，悠揚的手機鈴聲驀地止住她的步伐。

一看清楚螢幕顯示的來電者是左易，她迅速接通電話，短暫幾秒後，停下的雙腳再次奔跑起來。

經過一座三合院時，左容瞥了一眼放置著曬衣架的廣場，在心裡估算了下她與夏春秋可能的距離，隨即腳跟一轉，敏捷跑進那座已熄了燈的三合院裡。

不發出一絲聲響地抽出橫放在曬衣架上的木棍，她再次邁開腳步，迅速往後山跑去。

颳過耳邊的風將髮絲撩了起來，但左容連揮開額前劉海的心思也沒有，只是一個勁地向前跑。

她動作輕快，每個步伐都如此俐落，在黑夜中的身影就像是無聲奔跑的野獸，追循著夏春秋的蹤跡。

月光落在那張淡漠的中性臉孔上，將狹長的眼勾勒出近似冷酷的光芒。此刻映在左容眼底的後山沒有了白天的清幽，反倒帶著一股詭譎氣息。

那是一種危險的預感。左容緊了緊手中木棍，雖然經過一段快速奔跑，但她的呼吸完全沒有紊亂，胸口規律起伏著，腳下步伐甚至還有加快的趨勢。

後山已經越來越近，雖然還看不見夏春秋，但左容沒有任何停滯。她的注意力依舊高度集中，藉由從天空落下的淡淡月光，立即察覺到散落在泥土上的腳印子。

小孩子的鞋印，還有……夏春秋的腳印。

左容抿了抿嘴唇，順著那幾道顯得倉促的蹤跡追逐下去，直奔後山小徑。

枝葉被拂過的細碎聲響不斷刷過耳膜，地上枯葉也被踩出啪沙的碎裂聲，但在這些聲音之中，左容卻捕捉到一道隱約的稚氣音節。

那嗓音有點尖銳，有點高亢，甚至帶著一抹歡快。左容心臟一緊，直覺告訴她，這個聲音是危險的。

「春秋……」她低喃這兩個字，隨即眼神一厲，腳步迅捷地往聲音方向趕去。

隨著距離縮短，聲音也越來越清晰，就好像只隔著幾棵樹、幾座灌木叢。

在後面！

左容視線鎖緊右前方的灌木叢，跨大步伐，穿過層層交疊的幽綠葉片。她沒有絲毫停頓，反而以幾近粗暴的動作扯掉那些礙事的枝葉。

當左容撥開最後一叢擋住視線的葉片，看到少年跌坐在地、驚恐地瞪大眼的同時，握在手中的木棍沒有一絲猶豫，立即挾帶著勁風揮出，硬生生擋下泛著冰冷光澤的尖爪。

「左、左容？」面色蒼白的夏春秋不敢置信地喚出來者的名字。

「沒事吧，春秋？」左容低聲問道，兩手橫握木棍，一個滑步讓自己的身子剛好擋在夏春秋前方。但在看清楚剛剛被自己逼退一步的身影之後，那雙狹長凌厲的眼也不禁掠過一抹驚詫。

熟悉的蓬鬆短鬈髮、熟悉的大眼睛，然而那道幾乎將臉龐分成兩半的嘴巴，卻令人看得膽戰心驚，彷彿一頭極度飢餓的獸，正咧著嘴，露出裡頭的森白牙齒。

「若若？」左容的聲音透出一絲不確定，但下一秒，她抽離了那抹困惑的情緒，回到警戒狀態。

她眼神嚴厲地瞪著那似人非人的小小身影，嗓音冰冷，「妳是什麼東西？爲什麼要對春秋出手？」

面對左容的質問，歐陽若咯咯笑著，輕甩了下左手，五根尖長指甲在月光映照下宛若凶器，泛著冷冽的光澤。

「因爲小夏哥哥身上的味道很好聞啊，若若才會想吃掉他。大姊姊，妳也想要被若若吃掉嗎？」稚氣的童音滲出天眞的惡意，歐陽若猛地躍起，尖銳爪子朝左容揮了過去。

「左容！」夏春秋驚慌大喊，硬是撐起上半身，一把將擋在前方的身影推向一旁，露出毫無防備的自己。鋒利爪子瞬間擦過肩膀、劃破衣服，割出五道帶血的傷痕。

夏春秋吃痛地發出悶哼，捂住滲血的肩膀癱坐在地，豆大的汗水從額際滑落下來。

「春秋！」左容總是淡漠的嗓音透出慌亂，想要過去察探夏春秋的傷勢，但那抹逐漸逼近自己的小小身子，卻讓她強壓下心中的擔憂，將全部注意力放在前方。

歐陽若舔舔爪上的血珠，朝左容露出甜美的笑，「沒用的，大姊姊，妳以爲憑那根快要斷掉的木頭可以做什麼嗎？若若只要這樣——」

輕快的童音才剛落入聽覺神經，左容只看見眼前晃過一道冰冷銀芒，手中木棍反射性往前一揮，卻在下一秒一分爲二。

「大姊姊，妳的武器沒囉。」歐陽若開心地拍著手，尖銳的爪子閃爍出不祥的光芒。

左容隨手扔掉斷成兩截的木棍，那張中性俊秀的臉龐瞬間斂去所有情緒，淡漠到彷彿冷酷，冷冷地注視歐陽若。

「我不會再讓妳對他動手的。」

聽到這句話，歐陽若嘴咧得更大了，從喉嚨裡發出咯咯咯的笑聲，接著嬌小身影再次從左容前方消失，只剩滑過眼前的冷冽光芒。

當第一道傷口出現在左容身上，濃濃的血腥味也滲了出來。夏春秋駭然地瞪大眼，失去血色的嘴唇顫抖著，聲音卡在喉嚨裡，只能發出驚慌失措的嘶氣聲。

屬於小女孩的稚嫩笑聲不斷迴盪在山裡，既愉悅又高亢，像是在逗弄老鼠的貓，視左容與夏春秋爲掌心裡的獵物。

即使左容躲閃速度再快，卻還是快不過歐陽若，飄散在黑夜中的血腥味變得更加濃郁。夏春秋眼中映著左容的臉上、肩膀、手臂被割出血痕，翻開的皮肉讓他的眼眶一陣酸痛。

看見歐陽若尖爪嵌進左容肩膀、那道咧開的嘴就要咬住喉嚨之際，他掙扎著想要站起，卻在下一秒聽到緋緊的嗓音。

「小夏，不要過去！」

從後方突然伸來的兩隻手臂猝不及防地扯下他，以不容反抗的力道壓制住他。

同一時間，一道矯健的身子迅猛地衝出，張狂的鮮紅髮色落在夏春秋眼裡，彷彿鮮血一般刺眼。

然後，他聽見左容沙啞地喊出對方的名字，在森白尖牙要咬上喉嚨前，迅雷不及掩耳地箝住歐陽若纖細的頸子，粗暴又狠絕。

最後，夏春秋的眼睛被人用手遮住了，他看不見左易的眼神，也看不見對方手上樹剪接下來的動作……

他只聽見淒厲的尖叫像要撕破黑夜。

夏春秋想抓下遮住視線的手掌，掙扎幾次後，終於順利讓對方放開手，但一堵寬厚背影卻阻隔在前方。

「花花，你先把小夏帶走，這裡我顧著就好。」

歐陽明轉過頭，語氣倉促地交代，額頭汗涔涔的，臉色也有些發白。

花忍冬沒有說話，只是點點頭，拋給歐陽明「小心一點」的眼神後，一把扛起夏春秋，不顧他的掙扎，將人強行帶下山。

目送兩人的身影消失在視線範圍，歐陽明深吸一口氣，這才僵硬地轉回去，邁出發顫的步伐，朝血腥味最濃的地方走去。

手機光芒又白又亮，將眼前景物鍍上一層薄薄光暈，歐陽明避無可避地把所有畫面都收入眼底，不管是殘碎的動物屍體、噴灑一地的腥紅血花、身姿冷厲如刀鋒的左容與左易，還是倒臥在地、悲鳴的小女孩。

歐陽明必須用力捏著拳頭，才能克制住全身的顫抖。那個有著尖利爪子、嘴巴咧到耳際的孩子，眞的是……他的妹妹嗎？

那根本不是人，是怪物吧！

歐陽明想起數分鐘前，他與左易、花忍冬趕到後山，目睹左容遭受攻擊的可怕畫面。那個時候，花忍冬乾著嗓音問：

「歐陽，那個……眞的是若若嗎？」

歐陽明已經有些記不清他回答什麼，只是怔然地注視動作野蠻如獸的嬌小身子，看著尖尖的爪子在自己的同學身上撕出傷口，森白的牙齒逼近了人類脆弱的脖子。

而現在，那個似人非人的小身子倒在血泊中，咧開的嘴巴已經恢復成原來大小，發出痛苦的呻吟；尖銳的爪子也消失了，光裸的十根手指掙扎地扒著泥土，留下一道道痕跡。

歐陽明茫然地看著隨意包紮過傷口的左容，再看向拔出樹剪的左易，這兩人正朝自己走來，擦身而過之際，歐陽明聽見了兩道不同音階、但內容相同的句子。

「抱歉了，歐陽。」

歐陽明嘴唇顫動，卻一句話都說不出口，聲音卡在喉嚨，只能眼睜睜看著兩人離開。

最後，他將目光定格在歐陽若身上，看著那個與他擁有血緣關係的小女孩，卻沒有辦法像個好哥哥一樣將她扶起，或是出聲安慰。

他的兩隻腳如同被釘在原地，一向憨厚的臉孔布滿驚懼。

「哥哥，若若的背好痛……」歐陽若仰起小臉，啜泣著、哀號著，細細的手指迫切地想要抓到救命的稻草，「拜託你帶若若回家好不好？若若眞的好痛好痛……」

看著快要碰觸到自己褲管的小手，歐陽明卻反射性地退了一下。

「哥哥！」歐陽若嗚咽地喊著，劇烈的痛楚化成眼淚，不斷流出眼角。

歐陽明向後退了幾步，拉開雙方距離，他搖搖頭，從嘴巴裡吐出否定的言語。

「不是……妳不是若若，妳只是、只是一個……怪物！」

「為什麼不救若若？」歐陽若的手指在地上抓了又抓，卻無法減輕一絲痛苦，那雙大眼睛怨懟地瞪著不肯對自己伸出援手的兄長，「太過分了！哥哥太過分了！」

面對歐陽若憤怒的眼神，歐陽明只是怔然地張著嘴，飛快掃過周遭慘狀，之後，視線從歐陽若身上抽離，腳步踉蹌地又退了幾步，最終頭也不回地跑離這塊充滿血腥味的後山。

「哥哥——！」歐陽若淒厲地嘶聲大喊，掙扎著想要撐起身體，卻又因背部的傷口倒回地面。

傷口就像是沒關上的水龍頭，大量紅色液體汩汩滲了出來，不只染紅歐陽若的衣服，還在她身下匯聚成一個水窪。

她艱難地伸長手，手指勾到了散發出腥臭味的肉塊，顧不得這是自己平常根本不屑一顧的東西，拚命往嘴裡塞。

但被樹剪捅出的傷口太深了，狠狠破壞了她的身體。

痛，實在太痛了。歐陽若眼裡的憎恨幾乎要實質化，撕心裂肺地大吼：「不能原諒……若若要吃掉你！要殺了你！」

然而一道蒼老的聲音卻帶著嘆息從另一端響起，隨著夜風滑進歐陽若耳裡。

「若若，妳要吃掉誰呢？」

渾身是血的歐陽若吃力地轉過頭，看到歐陽佐雙手負在身後的悠閒姿態。

「阿公！阿公！」歐陽若哭得更大聲了，就像要把所有委屈全部發洩出來。

「真是的，若若，我不是說過了嗎？阿明是歐陽家的長孫，不能對他出手，妳怎麼說不聽呢？」

歐陽佐嘆了長長的一口氣，那張滿是皺紋的臉龐浮現出傷腦筋的表情，就像看待一個不聽話的孩子。

他在歐陽若身邊蹲下，拿出手帕擦著她滿是血污與淚水的小臉，對於那深深的血窟窿沒表露出半點驚訝與慌亂。

「阿公……」歐陽若抓住歐陽佐的手，哆嗦地想要把身體埋進他的懷裡，「阿公，若若好痛，快點救若若……」

歐陽佐抱起孫女，看著地上的血泊還有慘不忍睹的四周，忍不住搖搖頭。

「妳爲什麼這麼不聽話？吃些小貓小狗也就算了，卻連一安、一飛還有寧寧都要吃掉，妳不知道阿公善後這些事，得花多大的心力嗎？」

「都是他們不好……他們讓若若變得好餓、好餓……只好將一安、一飛吃掉……」歐陽若抽抽噎噎地說。

「他們？」歐陽佐費解地擰起眉。

「小蘿跟小夏哥哥……他們身上好香……香得若若想要一直吃東西……」歐陽若的小手緊緊揪著歐陽佐的衣服，熱辣辣的刺痛感就像火在燒，讓她難受地蜷起身體，大滴大滴的冷汗流了下來。

「妳傷口太深，得先吃些東西補充體力才可以，不然無法支撐，我帶妳去森林吧。」歐陽佐眼裡閃過一抹若有所思的光芒。

明明是蒼老佝僂的身軀，然而就算抱著歐陽若，走起路仍舊像如履平地般。看似慢悠悠，卻在十幾個呼吸間便擺脫了陰森森的後山，來到村子外圍的森林——每當行燈之夜都會被送進棺木的森林。

歐陽若像是明瞭自家阿公的下一步，安靜溫馴地縮在他的懷裡，看著一排排向深處延伸的墳墓群，灰白色的墓碑在這片暗沉夜色下，顯得格外顯眼。

又走了幾步之後，歐陽佐在一座墳墓前停下來，他將孫女放到地上，再熟門熟路地從旁邊的灌木叢裡拿出鏟子。

歐陽若記得，那應該是數天前下葬的女人的墳墓。

雖然女人的身體帶著淡淡藥味，但還沒完全腐敗的身體，是目前最適合她入口的食物。

在歐陽若的注視下，歐陽佐一鏟一鏟地挖起泥土，讓埋在土裡的棺木露了出來，再慢條斯理地走進被掘出的土坑裡，撬開棺木。

有些刺鼻的臭味飄散在空氣中，歐陽若吸了吸鼻子，身體的本能騷動著。

「阿公……若若背部好痛，動不了……」歐陽若哽咽地吸吸鼻子，伸出小手。

歐陽佐從土坑中爬出來，彎身抱起哭泣的孫女，一步步走向已被打開的棺木。

大量失血造成的痛苦，讓歐陽若的進食渴望成倍增加，她甚至有些迫不及待地探出頭，卻愕然看見棺木裡空蕩蕩的，只剩下些骨頭渣子。

這不是那個女人的墓！

歐陽若驚覺這個事實的同時，忍不住扭過脖子看向自家阿公。

那張被時間刻劃出溝壑的臉龐依舊慈祥，但注視著自己的眼神卻逐漸失去了溫度。

「好了，若若，該說再見了。」

在歐陽若震驚的注視下，歐陽佐雙手一鬆，將渾身是血的嬌小身體拋了下去。

「阿公！」

歐陽若不敢置信地尖叫出聲，被扯動的傷口帶來可怕的疼痛，但她渾然未覺，拚了命想要爬起來阻止厚重的棺材蓋被緩緩蓋上。

「阿公！爲什麼要把若若關起來？拜託你放若若出來！若若會乖乖的，不會吃掉哥哥，也不會對哥哥的朋友們出手的！」

歐陽若尖叫再尖叫，恐懼就像瘋長的荊棘，纏得她快要窒息，然而最後一絲光線仍然殘忍地離她而去，鋪天蓋地的黑暗兜頭罩下。

「不要！」

歐陽若崩潰地抓著木板、敲著木板，她想起歐陽佐曾一臉和藹地對她說「阿公一生氣的話，會把妳關起來喔，就算妳哭著道歉也不會放妳出來」，她原本以爲那只是玩笑話，卻沒想到會化作現實，降臨在她身上。

「阿公！阿公！若若知道錯了！不要把若若關起來！求求你——阿公！」

小女孩的哭喊尖銳得像一把刀，可怕的絕望讓她瘋了似地不斷拍打棺木，但文風不動的堅實木板卻只傳來啪沙、啪沙，泥土落下的悶聲。

歐陽佐將泥土重新覆在棺木上方，彷彿沒聽到下方傳來的慘烈哀鳴與咚咚咚敲打聲。

「不聽話的孩子，歐陽家不需要；會引起外界對歐陽家注意力的孩子，更加不需要。」歐陽佐蠕動乾癟的嘴唇，沙啞說道，「孫女可以再生……就算沒有了妳，歐陽家並不會有什麼損失。」

歐陽佐鏟起最後的土，將底下的棺木覆得嚴嚴實實，也將歐陽若的尖叫封在土裡面。

「妳實在給歐陽家惹了太多麻煩了……」

蒼涼的月光下，只剩下一抹蒼老的身影還佇足在墓地裡。

尾聲

被陽光染亮的藍天下，一輛金色轎車正行駛在鄉間道路上。周圍是一畝畝農田，放眼望去，淺金帶綠的色彩在田間裡盪漾著，像極了一波波海浪。

雖然外邊景色怡人，但是車子裡卻瀰漫著一股沉寂又疲倦的氣氛。

左易戴著耳機閉目養神，不發一語的冷漠態度拉出了距離。

左容低垂著睫毛，淡漠的中性臉龐讓人摸不清心思。

夏蘿靠在兄長的大腿上沉沉睡著；夏春秋則是沉默地撫著妹妹柔軟的黑色髮絲。

花忍冬隻手托著下巴，那雙細細彎彎的狐狸眼瞧著窗外，顯然也沒有聊天的興致。

葉心恬閉著眼靠在林綾肩膀上，眼底下沾著疲倦的陰影，發出了細微的鼻息聲。

林綾表情依舊恬淡，似水的眸子注視著掌心的手機，彷彿陷入了沉思。

至於歐陽明，他同樣坐在靠窗的位子，懷裡抱著一包洋芋片，正喀滋喀滋地咬。那雙細小的眼睛悄悄環視車內同學們一眼，想起昨夜發生的事。

當他回到家，客廳已經聚集了花忍冬、林綾、葉心恬、夏春秋、左容、左易，他們的表情或冷靜或驚慌，但無不例外地都將聲音壓到最低，安靜且壓抑地進行著包紮事宜。

夏蘿已經在先前被葉心恬哄去睡了，沒有人願意讓她知道晚上發生了多麼可怕的事——就算她隔天追問，大家也只會推說那是數隻發狂的野狗所造成。

夏春秋傷勢並不嚴重，但左容的肩膀卻被歐陽若的爪子捅出一個血洞，血肉模糊的傷口看得歐陽明觸目驚心，左容卻制止了他想打電話叫醫生的動作。

「今天的事別讓其他人知道。」

歐陽明知道左容這麼做的意思，如果找來村裡的醫生，左容的傷口就會被追問，連帶地，也會扯出歐陽若的事。

歐陽家的孫女是吃人的怪物，這件事一旦傳出去，將會引起村子多麼大的騷動……

只要想起那張咧到耳際的血盆大口、尖銳森白的牙齒，歐陽明就不自禁地打了個寒顫，完全無法將對方跟有著蓬鬆鬈髮、蘋果臉蛋的妹妹畫上等號。

她不只傷了左容、小夏，甚至還吃掉了一安、一飛、寧寧！

葉家人與杜家人悲痛欲絕的模樣閃現過腦海，歐陽明的呼吸不由得急促了起來，愧疚與不安的情緒在嚙咬著他的心。

就在歐陽明心煩意亂的時候，原本以爲應該待在房間就寢的歐陽佐，卻從外頭推門而入，那雙蒼老的眼看到客廳的狀況後，沒有流露出半絲詫異，反而平靜無比地開口。

「你們明天一早就離開，不要再待在紅葉村了。」

「阿公，但是黃所長說……」歐陽明急切地想要開口，卻被歐陽佐伸手制止。

「所有事情我都會處理，包括若若。至於你阿爸、阿母那邊，不用擔心，我會好好跟他們溝通。」

當歐陽佐說出「若若」兩字後，歐陽明看向他的眼神有絲驚疑不定。他想告訴爺爺，若若不是人類，若若是會吃人的怪物，但對方彷彿看透一切的神情，卻讓他最終選擇沉默……

車子一個突然的顛簸，讓歐陽明的思緒抽出了那個混亂不堪的夜晚，他看著車窗外，發現黃曉芬拉著行李箱，隻身走在路旁。

他想要揮手打招呼，但對方卻只是抿著嘴唇看了他一眼，隨即繼續埋頭趕路。那拒人於千里之外的態度，讓歐陽明只能訕訕地放下手。

他一邊咬著洋芋片，一邊發呆般地瞧著窗外，不知不覺間，車子已離紅葉村越來越遠，窗外景色也從農田變成鬱鬱林木，偶爾還會看見山腰上的墳墓。

看著那些修建整齊的墳墓，歐陽明想起村子外圍的幽暗森林，想起森林深處的墓地，以及埋藏在泥土底下的屍體。

灰白的肌膚，失去彈性的肌肉，還有那縈繞在屍身周邊的腐敗氣味……

歐陽明的喉頭忍不住上下滑動，從嘴裡分泌的唾液突然勾出了一頭名叫飢餓的獸。

咕嚕咕嚕的聲音從肚子裡響起，引起花忍冬的注意。

「歐陽，你怎麼又肚子餓了？」

「哈哈，我正值青春期嘛……」歐陽明乾笑著，從袋中抓出一把洋芋片，匆匆塞進嘴裡，將讓人心驚膽跳的食欲壓抑下去。

車窗外，天空很藍，金燦的陽光灑落一地，再過不久，他們就可以回到綠野村了。

〈行燈夜〉完

番外 大人們的旅行時間

天空藍得不可思議，像是提了一桶亮藍色油漆潑上去，沒有半點雜質。金燦燦的陽光毫無遮掩地直落而下，照得院子的石板都要冒出絲絲熱氣，甚至讓眼前景物看起來有些扭曲。

夏舒雁彷彿被抽了骨頭似地仰躺在客廳地板上，兩條光潔白皙的長腿從敞開的落地窗伸出，垂在簷廊外。

懸掛在上頭的風鈴被偶爾吹來的風敲出叮鈴叮鈴的清脆聲音。

看似充滿夏日風情的慵懶畫面，但是如果再將鏡頭往屋內移，就會震驚於客廳的凌亂。

已經晾乾的衣服自從被收進來之後，就一直扔在沙發上，顯然女主人並沒有整齊疊起的打算——需要哪件衣服就走過去挑，落地窗前的窗簾一拉，就毫不在意地寬衣解帶。

地板上散落著一本本的書，有些疊得像小堡壘，有些則被攤開倒放；還有東一張西一張的活頁紙，上頭或是用原子筆寫的雜亂筆記，或是隨手塗鴉。

桌上則是未收拾的杯盤碗碟，還有幾個喝完的啤酒罐，剝了一半的甜橙擱在一角。

一台立式電風扇正對著夏舒雁的方向吹出帶有熱氣的風，也虧她的耐熱度極高，在這種燠熱的天氣裡居然還可以陷入昏昏欲睡的狀態。

叮咚、叮咚、叮咚。

規律有致的門鈴聲響起，將只差臨門一腳就要踏進黑甜鄉的夏舒雁拉了出來。

「門沒鎖！」即使睡意正逐漸退去，但夏舒雁還是閉著眼，只是懶洋洋地拉高聲音對著外頭喊道。

門鈴聲停止了。

來人並沒有從玄關走進來，而是順著回字形的院子直接繞到落地窗這邊。在看到散漫得不成樣子的夏舒雁，以及她身後紊亂不堪的客廳，對方頓時拉長了臉。

「搞什麼鬼，小蘿才出去兩天，妳就把妳家弄得像被搶劫過的樣子。」

「什麼搶劫，真難聽。」夏舒雁睜開眼，看向面色陰沉的藍姊，「這叫充滿生活氣息。」

或許是因爲躺太久了，一移動，背部就發出嘎吱嘎吱的聲音，夏舒雁唉哨一聲，僵硬地側過身，以笨拙的動作讓手肘撐地，好把遲鈍的身體支起來。

「妳怎麼來了？」她打了一個大大的哈欠，撿起先前丟在地板上的黑框眼鏡和鯊魚夾，

「要喝酒嗎？慶祝我終於交稿了。」

「妳交出去的不只是稿子，還有妳的大腦吧。」藍姊陰森森地說，看著夏舒雁的眼神除

了嫌棄還是嫌棄。

她蹬掉鞋子，踩上簷廊，走進客廳，一臉不耐煩地將桌上髒兮兮的碗盤收到廚房去。在看到洗水槽裡躺著更多盤子之後，她的白眼幾乎要翻到頭頂上了。

小蘿不在家，她果然不能期望這個邋遢又散漫的女人還可以維持基本的環境整潔。

「夏、舒、雁！」藍姊一邊戴上塑膠手套，一邊連名帶姓地喊，「妳現在傳LINE跟堇姨說一下，我們要再十分鐘才會出門，看她是要下車抽個菸，還是要在車上繼續等。」

「嗄？什麼？」夏舒雁顯然還沒進入狀況，往廚房探進腦袋，驚喜地發現她的高中同學在奮力刷著她兩天前製造出的碗盤，「堇姨在外面嗎？」

藍姊飛快地閉上眼再睜開，做了一個深呼吸，試著緩和情緒，但她比平常還要陰森數倍、彷彿降到冰點以下的聲音，卻顯示她的忍耐已經瀕臨極限。

「是誰約了我跟堇姨，說交稿後要來個兩天一夜的旅行？」

「啊，是我。」夏舒雁恍然大悟地擊了下掌。

「是誰說今天一定會把行李整理好，絕對不會遲到一分鐘的？」藍姊質問的同時，手上動作依舊沒停，菜瓜布粗魯地刷過盤子。

「啊哈哈，也是我。」夏舒雁終於露出了心虛的眼神。

「現在、立刻、馬上傳LINE給堇姨，否則就不是被我扔菜瓜布那麼簡單的事了。」藍姊沒好氣地提醒，「妳不想要每天晚上被鬼壓床吧？」

夏舒雁打了一個激靈，不敢在廚房繼續逗留，三步併作兩步衝回客廳，拿起手機，以從來沒有過的速度發出訊息，就怕遲一秒會換來日後的夜不能寐。

這種事情堇姨還眞做得到，她可是綠野村的守墓人兼師婆啊！

夏舒雁有個壞毛病，一旦交了稿，就會整個人鬆懈到不可思議的地步，就像是該鎖起來的螺絲釘全部掉光光，反應也會慢上好幾拍。

這也是她爲什麼會完全忘記了與藍姊、堇姨約好要出門的事。

在藍姊的眼刀子下，夏舒雁終於匆匆收拾好行李，將自己打點完畢，趕在堇姨耐心快要告罄之前跳上車。

雖然代步工具是一部老舊得看起來下一秒就會拋錨的老爺車，引擎聲聽起來撲嚕嚕的，不過當夏舒雁坐在車上吹著冷氣，愜意地拉開啤酒罐拉環時，就覺得這些小事都沒什麼好在意了。

旅行萬歲！

啤酒萬歲！

她咕嚕咕嚕地吞下冰涼的金褐色液體，感受著全身心的放鬆，覺得提議外出旅行的自己眞是太讚了。

「別將酒灑到車子上。」駕駛座上的中年女人調整後視鏡，順道睨了她一眼，冷淡地說，「否則我不介意讓小葵陪妳們睡一晚。」

「小葵？誰？」夏舒雁納悶地看著僅有三個人的車內，覺得這名字有一丁點耳熟。

「爲什麼是『妳們』？」這是藍姊關注的重點，她的眼睛不滿地瞇了起來。

「因爲這是我的車，因爲我喜歡連坐法。」堇姨手指輕敲著方向盤，語氣漫不經心的。

「所以小葵到底是誰？」夏舒雁鍥而不捨地問。

「我養的鬼。」

「噗——！」夏舒雁瞪圓了眼睛，含在嘴裡的一口酒霎時噴了出來；但或許是堇姨的警告太有威懾力，導致她在驚嚇過度的同時還不忘扭過頭。

於是悲劇發生了。

才剛伸出手準備捂住夏舒雁嘴巴、避免被連帶責任制掃到的藍姊，閃避不及，瞬間被濺了一臉的啤酒，就連上衣都沒有倖免。

「妳！」藍姊額上青筋跳動，但還是冷靜地抽出衛生紙擦去臉上的啤酒。

「啊哈哈，抱歉啊，阿藍。」夏舒雁挪著屁股往後退，「我這不是爲了我們好嗎？至少晚上妳不用擔心被鬼壓床了。」

「所以就噴在我身上嗎？」藍姊又抽出第二張衛生紙擦著衣服上的酒漬，從她嘴裡迸出的每個字都像摻了冰渣子似的，「妳爲什麼不乾脆讓妳自己被啤酒噎死算了。」

夏舒雁笑得很是心虛，眼神左右飄移。

「啤酒拿來。」藍姊陰森地剜了她一眼，直接從夏舒雁手裡搶過那罐還未喝完的啤酒，仰頭灌了一大口。

「阿藍，如果妳也想噴舒雁一口酒的話，我不會反對，但前提是不要弄髒車子。」堇姨瞄了一下後視鏡，平靜地給出建議。

「不是吧？阿藍妳這麼狠心？」夏舒雁一邊緊張地注視她，一邊用眼角餘光搜索可當遮蔽物的東西。

藍姊表情瞬間扭曲，緊緊捏著啤酒罐，緩了幾個呼吸，強迫自己嚥下嘴裡的液體，才不至於失態地兌現堇姨的提議。

她發誓，如果現在有一大桶啤酒，她絕對會將夏舒雁的腦袋按進裡頭。

仔細端詳藍姊的神色變化，直到對方厭煩地踢了她一腳，夏舒雁才確認警報宣告解除，忙不迭陪著笑臉又坐過去。

「爲了表示我的歉意，下一部小說我寫妳當主角好不好？保證是充滿粉紅泡泡的愛情戲，會給妳很多很多美男子的。」

「然後美男子統統死光了，對不對？」藍姊嫌棄地瞪了她一眼，「妳每次說要寫充滿粉紅泡泡的愛情戲，結果五分之四都在講述血腥、獵奇、大逃殺，五分之一才是男女主角的曖昧戲，而且無一例外，死的死、傷的傷、殘的殘。」

「患難見眞情，這才叫浪漫啊。」夏舒雁理直氣壯地說。

「那妳讓董姨當主角，我自動讓賢。」藍姊一點兒也不買帳。

「妳以爲我沒想過嗎？」夏舒雁抓抓頭髮，手指勾到了鯊魚夾，讓她的髮型變得更加凌亂，「但是編輯不允許我的女主角超過三十歲……」

老爺車突然一個緊急煞車，沒有防備的夏舒雁，臉猛地撞到椅背，疼得她慘叫一聲。

藍姊因爲反應及時，兩隻手穩穩抓住椅背，沒有落到像她一般的下場，但也被突如其來的衝擊力震得有些恍惚。

長髮在腦後挽成髻，相貌嫵媚但透著一絲冷淡的中年女人回過頭，慢悠悠地開口。

「我看到那邊有一條溪。阿藍，妳要下去洗個臉，弄一下衣服嗎？」

天氣炎熱，一條閃爍著粼粼波光並且散發出陣陣涼意的小溪，自然充滿了誘惑力。只見路邊停了好幾輛車子與機車，幾個小家庭與看起來像大學生的年輕人或是在溪裡玩水，或是在一旁架起烤肉架，一時間，嬉鬧聲與水聲混在一塊，熱鬧得不得了。

藍姊特地挑了一個離人群較遠的地方，蹲在溪邊，一手拉開衣領，一手舀起水，克難地清理上頭的啤酒漬。

夏舒雁則是這邊走走、那裡看看，不時拿出手機取景，好當作之後的參考素材。她一回頭，就看到堇姨正倚著車，慢條斯理地將菸管湊到嘴邊。

因爲背光，堇姨的面貌顯得有些模糊，但她持菸管的動作卻極有韻味，讓夏舒雁忍不住拍了一張。

接著，她又繼續探索，走走停停，讓手機裡的相簿出現更多照片。

就在她決定折返與藍姊會合之際，草叢裡的一抹紅色突然刷過眼角，連帶也釘住了她的步伐。

*那是什麼？*夏舒雁好奇地撥開雜草，讓自己看得更清楚。

一只顏色鮮明的紅包安安靜靜地躺著，像是在等待誰的發現。

「誰掉的紅包？」夏舒雁納悶地嘀咕，順手撿起紅包。裡面不是空的，摸起來像是被塞了紙，也許是鈔票？

她下意識轉過紅包，讓開口對著掌心，將裡面的東西倒出來。

幾張紅色的百元鈔、一個摺疊整齊的方形紙包，還有一張年輕女子的照片。

如果說夏舒雁在看到鈔票時還沒有意識到這是什麼的話，當她看到照片之後，一股涼意瞬間從腳底板直竄頭頂，讓她在大熱天裡硬是打了一個寒顫，大腦裡的螺絲終於一個個鎖上原來的位置。

夏舒雁手忙腳亂地將照片還有鈔票塞回紅包裡，卻沒注意到那個白色的方形小紙包從掌中滑落，輕飄飄地掉到地上，被走過來的藍姊彎腰撿起。

「妳的東西掉了。」

「什麼？」夏舒雁被突然靠近的藍姊嚇了一跳，「我掉了什麼？」

「這個。」藍姊朝她晃了晃那個小紙包，隱約聽到沙沙聲響，「裡面裝了什麼？」

「老實說，我真不想知道。」夏舒雁有些虛弱地說，「可能是某位小姐的指甲和生辰八字之類的……」

「妳是被曬到中暑，開始胡言亂語了嗎？」藍姊神色古怪地盯著她，隨即視線被她手裡拿著的紅包吸引過去。

紅包、指甲、生辰八字，藍姊瞬間從夏舒雁手上的東西，以及方才提到的關鍵字，聯想到某種傳統習俗。

「妳！」她震驚地看著夏舒雁，那表情彷彿第一次認識對方，「撿了紅包？」

「對，我撿了一個冥婚用的紅包……」夏舒雁用食指與拇指夾住紅包，將它拿得遠遠的，驚恐地吞了下口水，「妳覺得對方會不會因爲我是女的而放過我呢？」

「那妳就祈禱她的性向是只愛男人吧。」藍姊不客氣地潑著冷水，又看了一眼她手裡的紅包，眼神充滿著「恨鐵不成鋼」的意味，「妳明明也有在寫鬼故事，爲什麼就記不住路上的紅包不能亂撿呢？」

「可能就像妳說的一樣，我引以爲傲的邏輯跟判斷力一定在我交稿的時候也跟著交出去了。」

「不，那只是妳的錯覺，妳根本沒有那些東西。」藍姊冷靜反駁，但夏舒雁顯然沒聽到，焦慮得像是被剃了毛的貓，在原地不斷打轉。

「找堇姨！」藍姊當機立斷地拽過人，「她一定有辦法解決的。」

「對，我們還有堇姨！」夏舒雁立即反被動爲主動地向前超車幾步，拉著藍姊往回走，渾然沒有聽到對方不滿的抗議。

「不要用『我們』，只有妳。」

兩人步伐匆匆，臉上的表情也不似最初走下溪邊時那樣輕鬆，堇姨慢悠悠地吐出一個煙圈，視線在她們身上來回看著，最末看到夏舒雁手裡的紅包時，她挑了下唇角，露出饒有興味的表情。

「堇姨！」夏舒雁鬆開藍姊的手，三步併作兩步地走上前，因爲急著走回來，呼吸急促，說起話來有些喘，「那個紅包……我撿到了……裡面有照片……」

「別擔心，舒雁。」堇姨從她手裡接過紅包，抽出照片端詳幾眼之後，語氣是罕見的溫柔，「我支持多元成家的。」

傳統習俗裡，女子必須出嫁、有牌位，才能轉世投胎，未婚女子若不幸過世，家屬就會希望辦冥婚。有些人會將裝有逝去女兒的生辰八字、頭髮、指甲，還有鈔票的紅包扔在路邊，撿到紅包的男子就會與死者產生因緣的聯繫。

但是，如果撿到紅包的人是個女性呢？

意外成爲冥婚當事者的夏舒雁盤腿坐在床上，在溪邊撿到的紅包被她放在桌上，桌子則是被推到最角落。

經過一天美食、風景、啤酒的治癒之後，她現在已經鎮靜許多，甚至做好了睡到一半，枕邊人可能會從藍姊變作照片上女子的心理準備。

附帶一提，堇姨是睡單人房。

夏舒雁原本想要偷偷將紅包塞進堇姨的房裡，不過這個小動作被對方察覺了，連帶換來菸管的一記敲打。

「自己撿的東西自己收好，等回村子後，我再替妳處理……對了，這小鎮釀的酒不錯，我們再多待幾天吧，反正宿舍的孩子們不在，阿藍也不用急著回去。」

堇姨的聲音不疾不緩，低緩悅耳得像是大提琴拉出的曲子，但夏舒雁只感受到滿滿的惡意。

而藍姊只是陰森森地看了她一眼，欣然同意堇姨的提議。

想到兩天一夜的小旅行有可能延長到四天三夜，或六天五夜，夏舒雁覺得壓力有點大。

才第一天而已，她撿到了紅包，據說有了一個新娘，而且這個新娘還不是人……

「嗯？我的新娘不是人，好像還不賴。」夏舒雁眼睛一亮，從包包裡拿出記事本與紙，刷刷刷地寫下這個靈感。

浴室的門被打開了，渾身還透著熱氣的藍姊從裡頭走出來，邊走邊用大毛巾擦著頭髮。

「雁子，換妳洗了。」

「好喔。」夏舒雁隨手將記事本放在床頭櫃，一骨碌跳下床，拿起睡衣，光著腳丫子走進浴室裡。

她有預感，這個晚上可能不會平靜，所以她更得洗個舒服的熱水澡好好放鬆一下。

但夏舒雁在腦海裡設想的事，像是半夜被捉住腳、晃著肩膀，或是有誰在深夜注視著她，以及站在床邊哭泣，一件都沒發生，她睡得很好，一覺到天亮。

直到手機設定的鬧鐘聲響起，她精神好得不得了，四肢輕鬆、腦袋清醒，這讓她忍不住愜意又慵懶地伸了一個大大的懶腰。

然後，她看見了睡在隔壁床位的藍姊，頂著一臉想要掐死她的陰沉表情。

「呃、早啊，阿藍。」夏舒雁伸展的動作頓了一下，努力回想自己昨晚做了什麼。

她記得自己沒有打呼的習慣，也不會搶別人的被子。難道是睡相太豪邁，狠狠踢了好友一腳嗎？

「睡得很好嘛。」藍姊語氣陰森地說，眼下還有一圈青痕。

「看起來是睡得比妳好。」又一道聲音淡淡響起。

夏舒雁這才發現堇姨正持著菸管站在窗邊，沒有菸味飄出，顯然這只是個習慣動作。

「早啊，堇姨。」儘管頂著一頭亂髮，但夏舒雁一點兒也沒有邋遢模樣被人撞見的心理障礙，神清氣爽地向對方打了個招呼。

藍姊的表情看起來更不爽了。

「等一下，阿藍，難道我昨天眞的踢妳了嗎？」夏舒雁小心翼翼地問。

「妳沒有踢我。」藍姊如同在忍耐什麼似地揉著太陽穴，「妳睡得很沉，就跟挺屍一樣，連鬼都弄不醒妳。」

「那個『鬼』是字面上的意思，還是誇飾法？」堇姨走回桌邊，拿起旅館提供的茶包與杯子，替自己泡了一杯熱茶，漫不經心地問道。

「字面上。」藍姊抓起枕頭丟向坐在一旁的夏舒雁，「妳這個王八蛋完全睡死了，連那個女鬼站在妳床邊哭都沒有察覺，反而是我被吵得睡不著。妳知道她哭了多久嗎？一晚！整整一晚！」

「她發現我醒來之後就轉移目標，對著我哭訴，說她根本不想要跟妳冥婚，要妳想辦法解除婚姻關係，否則她會天天來騷、擾、我！」

藍姊越說越火大，最後三個字幾乎是低吼出來的。

「不是吧？」夏舒雁被這個急轉直下的發展震驚得瞪圓了眼睛，「雖然我很自豪我的睡眠品質，不過那個女鬼跑去騷擾妳就太不道德了。她就沒有辦法自行解除跟我的婚約嗎？」

「夫妻離婚都要進行離婚登記，想要解除冥婚自然也是同樣的道理。就算妳沒有跟她拜堂，但一人一鬼之間還是牽起了因緣。」堇姨指尖摩挲著茶杯，似笑非笑地說。

「我得去哪登記離婚？」夏舒雁傻乎乎地問。

「白痴。」藍姊忍不住又想用枕頭砸她了，「讓堇姨替妳辦個法事！」

「喔，喔！」夏舒雁一連發出兩個單音節，前一個是疑惑的，後一個則是恍然大悟，「那等我們玩回去再……」

她注意到藍姊越發不耐煩的表情，那眼神就像是在說「我不介意讓堇姨替妳辦後事」，立即話鋒一轉。

「今天，玩到今天就好。堇姨，妳晚上能不能載我們回村，然後替我辦個法事？」

堇姨只是優雅地喝著茶，沒有搭腔。

藍姊踢了夏舒雁一腳。或許是因爲昨晚睡得極好，大腦終於不再慢半拍，她立即心領神會地開口。

「一箱啤酒。」

堇姨僅是挑起眉毛。

「兩箱。」夏舒雁加碼。

堇姨看起來仍舊不爲所動。

「五箱！」夏舒雁直接跳過三跟四，朝堇姨伸出手，五指箕張。她可以聽到荷包發出哀號了。

堇姨放下茶杯，嫵媚但透著一絲冷淡的眉眼舒展開來，彎了一下唇角。

「這是成交的意思嗎？」夏舒雁與藍姊咬著耳朵。

「妳如果再加一箱啤酒，然後準備與『逃』同音的水果，像楊桃、櫻桃、水蜜桃……還有代表『歸屬』的瓜類跟綢、緞兩種布，不用回村子，在這個房間我就可以替妳處理了。」

堇姨捻起桌上的紅包，對著床上的兩人輕輕晃呀晃的。

「成交！」藍姊毫不猶豫地一錘定音。

「天啊……」夏舒雁兩手捂住臉，爲自己即將逝去的鈔票哀悼。

她爲什麼要手賤撿起那個冥婚用的紅包呢？雖然她沒有被女鬼騷擾，但被阿藍騷擾更可怕啊！

爲了撫慰受創的心靈，她決定下一部書的女主角就採用阿藍的名字了。

藍鳳凰聽起來很帥，不是嗎？

〈大人們的旅行時間〉完

後記

日安，這裡是琉璃。這次的劇情走向算是一個新嘗試，當然不是指番茄醬方面，這部分我有控制住的XD，我試著將線索撒在看似與若若無關的場景裡，最後面再一口氣統整起來，不知道你們看到結局的時候，會不會有一種「居然是這樣的想法」呢？如果有的話，我會非常開心的。

特別要提一下，這集的插圖讓我有種圓滿的感覺，不管是魄力十足的若若，還是小蘿被某人扛在肩上的那一幕，都讓我好想尖叫XD

從〈夏夜譚〉進入到〈行燈夜〉，相信應該有人看出來了，「春秋」系列是採取一集揭露一個角色身分的發展，下一集的主角將會是彷彿洞悉一切、充滿神祕感的林綾。

不得不說，戴眼鏡、綁辮子的美少女是我的超級好球帶啊，每次寫林綾的時候就會格外地開心，因爲可以給她開一點點外掛！

這次的番外依舊以成人組爲主，小姑姑＋藍姊＋堇姨的組合，對我來說實在太療癒了，所以就很私心地繼續將她們拉出來開個獨立小故事。

至於爲什麼會選擇冥婚這個主題，其實是因爲我一直在想，如果撿到紅包的是女性該怎麼辦，於是就有了小姑姑的作死舉動。

下一集，小姑姑將帶著春秋和小蘿前往黑岩村渡個假，說到海邊，當然就要應景地來個泳裝了！

醉琉璃

【下集預告】

春秋異聞——

夏舒雁帶上夏家兄妹前往黑岩村為雜誌取材兼渡假，
卻發現林綾原來是海邊民宿老闆娘的女兒！

嫵媚的女房客、靚麗的姊妹花，
還有聞訊前來的左家雙子與花忍冬；
本應熱熱鬧鬧的散心之旅，
卻因為一只人偶的出現而瞬間變調。

這一次，被盯上的又會是誰？

第三夜・花人形
2016.12月，預計登場！

國家圖書館出版品預行編目資料

春秋異聞.卷二,行燈夜／醉琉璃 著.
——初版. ——台北市：魔豆文化出版：蓋亞文化
發行，2016.11
面； 公分.（Fresh；FS121）
ISBN 978-986-93617-2-9（平裝）
857.7 105019125

作者／醉琉璃
插畫／夜風　封面設計／克里斯
出版社／魔豆文化有限公司
地址◎ 台北市103赤峰街41巷7號1樓
電話◎（02）25585438　傳眞◎（02）25585439
部落格◎ gaeabooks.pixnet.net/blog
臉書◎ www.facebook.com/Gaeabooks
電子信箱◎ gaea@gaeabooks.com.tw
投稿信箱◎ editor@gaeabooks.com.tw
郵撥帳號◎ 19769541　戶名：蓋亞文化有限公司
發行／蓋亞文化有限公司
法律顧問／宇達經貿法律事務所
總經銷／聯合發行股份有限公司
地址◎ 新北市新店區寶橋路二三五巷六弄六號二樓
電話◎（02）29178022　傳眞◎（02）29156275
港澳地區／一代匯集
地址◎ 九龍旺角塘尾道64號龍駒企業大廈10樓B&D室
電話◎（852）2783-8102　傳眞◎（852）2396-0050
初版一刷／2016年11月
定價／新台幣 199 元
Printed in Taiwan

ISBN／978-986-93617-2-9

魔豆

魔豆